Dany Ma

Wie Wolken im Meer

Impressum

1. Auflage, 2022

Dany Matthes, c/o autorenglück.de, Franz-Mehring-Str. 15, 01237 Dresden
www.danyalacarte.de - hallo@danyalacarte.de

© Lektorat/Korrektorat: Elke Kobe
© Covergestaltung: Daniela Matthes
Covermotive: ©istockphoto ©ipopba

ISBN 9783754670385

DANY MATTHES

Wie Wolken im Meer

Roman

dm

Für Nathalie

Liebe Leserin, lieber Leser,
bevor du zu lesen beginnst, ein kleiner Hinweis: In diesem Buch kommen Themen wie Schlaganfallpatientin, unerfüllter Kinderwunsch, Angst- und Panikzustände vor. Die Geschichte um Loni ist sehr turbulent. Es liegt in deiner eigenen Verantwortung, ob du die Geschichte lesen möchtest.

Kapitel 1

»Jeder ist seines Glückes Schmied.« Peter räuspert sich und lässt dabei seine Finger knacken. Ein fürchterliches Geräusch. Ich seufze, da meine Vorträge über Fingerknacken nichts bewirkt haben.

»Du hast das Wort, wir hören lieber deine Stimme als deine Knochen.« Die Schüler kichern und Peter selbst grinst mich an.

»Sorry, ich werde es mir abgewöhnen«, versichert er und spreizt wie zum Beweis seine Finger, bevor er mit seinem Vortrag beginnt.

»Ich habe den Spruch Jeder ist seines Glückes Schmied gewählt, weil ich ihn für Betrug halte. Ich meine, das fängt doch schon bei der Geburt an. Niemand kann sich aussuchen, ob er in eine arme oder reiche Familie hineingeboren wird. Niemand kann beeinflussen, ob seine Eltern Drogen nehmen oder Alkoholiker sind. Würde man das an der Startlinie zu einem Marathon berücksichtigen, würden manche weiter hinten und manche weiter vorn stehen. Und so ist es auch im Leben.«

Wir lauschen gespannt seinen Ausführungen darüber, dass nicht jeder in der Lage ist, selbst über sein Glück zu bestimmen, weil manchmal Dinge passieren, über die man keine Kontrolle hat. Sein Referat ist gut, er hat eine überzeugende Art, seine Meinung kundzutun. Wenn mir jemand die Aufgabe gegeben hätte, einen Spruch kritisch zu reflektieren, den wir gern mal als Floskel in Gesprächen raushauen, dann hätte ich mich für Die Zeit heilt alle Wunden entschieden.

Während Peter nun schon zu seinem Fazit kommt, nämlich dass man sein Glück nur dann selbst beeinflussen kann, wenn die Lebensumstände gerade passen, schreibe ich nicht nur Notizen, damit ich nachher mein Bewertungsraster ausfüllen und ihm eine Note geben kann, sondern genieße ebenfalls das wohlige Gefühl, das sich in meinem Bauch breitmacht. Ich liebe Unterrichtsstunden wie diese hier.

»Vielen Dank für deinen Vortrag.« Ich schlage meine Beine übereinander, lege meine Schreibutensilien auf den Tisch und lächle Peter an, bevor ich mich der Klasse zuwende. »Hat jemand einen Kommentar oder eine Frage zu dem, was Peter gerade dargelegt hat?«

Ein Finger schießt in die Höhe und ich bin etwas überrascht, weil Julia sich sonst eher wenig in den Unterricht einbringt.

»Ja?«

»Darf ich auf die Toilette?«

»Ein sehr wertvoller Beitrag«, bemerke ich und zeige ihr mit einer Geste, dass sie gehen darf. „Sonst noch eine Wortmeldung?«

Niemand bewegt sich, nur Julia schlurft an mir vorbei in Richtung Tür. Peter sieht mich entschuldigend an und zuckt mit den Achseln. Ich stehe auf und stelle mich zentral vor die drei Bankreihen.

»Nina, denkst du, dass jeder selbst über sein Glück bestimmen kann?«

Das zierliche Mädchen mit dem hüftlangen blonden Haar zögert einen Moment. »Eigentlich schon.«

»Nur eigentlich?«

»Ich denke, dass es manchmal möglich ist und manchmal nicht.« Sie errötet und wirft Peter einen flüchtigen Blick zu, bevor sie sich wieder mir zuwendet. »Hängt davon ab, wenn man gerade eine Pechsträhne hat, kann man …«

»Du bist also meiner Meinung.« Peter klopft sich selbst auf die Schulter.

»Lass Nina bitte ausreden!«, weise ich Peter zurecht und deute auf seine Mitschülerin, die hastig abwinkt und schweigt.

»Na sag schon, ich hör dir jetzt auch zu!«, ruft Peter nun noch lauter. »Sorry, ich hab's schon wieder gemacht. Aber sie sollte sagen, was sie denkt.« Wir blicken beide auf Nina, die nun den Kopf schüttelt und ihre Bank anstarrt.

»Schon gut, Nina, danke für deine Hinweise.« Ich atme tief ein und wieder aus. Vielleicht müsste ich mich jetzt über Peters vorlaute Art aufregen. Oder über Ninas Nachgiebigkeit. Aber ich weiß, dass die beiden befreundet sind und bin mir sicher, dass Peter die Sache nach dem Unterricht klären wird. So hole ich lediglich zu einem Vortrag über die Wichtigkeit von respektvoll geführten Diskussionen aus und weise darauf hin, dass man seine Ideen nicht für sich behalten sollte, weil sie anderen den Horizont erweitern können.

»Wenn ihr schweigt, euch zurückzieht und andere machen lasst, seid ihr nicht eures Glückes Schmied. Steht für euch und eure Träume ein. Das Glück liegt in unseren Händen, wir müssen nur genau hinschauen und es uns zurechtmodellieren bis es passt, so als ob es aus Knete wäre«, schließe ich meine Ausführungen ab und zweifle keinen Moment an der Überzeugungskraft meiner Worte, weil sie meinem tiefsten Inneren entspringen und ich meine Schüler niemals belügen würde.

»So sehen Sie das, Frau Zill? Sie sind ja wohl eine echte Optimistin.«

Ich bin Peter dankbar für seinen Kommentar, weil er mir die Möglichkeit gibt, meine lebensbejahende Einstellung und meine Fokussierung auf das Schöne zu äußern.

»Ihr dürft euch nicht von eurem Weg abbringen lassen. Und wenn das doch mal geschieht, dann vertraut darauf, dass ihr zurückfinden werdet. Ihr selbst bestimmt, wie ihr die Dinge seht und angeht. Wenn ihr einmal gelernt habt, dem Leben zu vertrauen, gewinnt ihr. Und zwar immer.« Genau in dem Moment, als ich das letzte Wort ausgesprochen habe, klingelt es zur Pause.

»Du siehst aus wie eine Lehrerin.« Meine Freundin Loreen, die wie ich Deutsch und Geschichte unterrichtet und jede nur mögliche Kaffeepause mit mir verbringt, deutet auf den Haarknoten, den ich heute Morgen mit viel Mühe aus meinen störrischen, dunkelbraunen Locken gemacht habe.

»Wir sind Lehrerinnen!«, erwidere ich und drücke sie zur Begrüßung an mich. »Schön, dass du wieder da bist. Wie war Paris?« Ich mustere sie. Ihr schwarzes Haar, dass sie heute offen trägt, fließt schimmernd in ihr schwarzes Kleid über und ihr roter Lippenstift sowie ihre farblich dazu passenden Nägel und Schuhe zeichnen sie wieder einmal als sehr stilbewusst aus.

Sie verdreht die Augen. »Frag lieber nicht. Wenn mich nächstes Jahr wieder eine Klasse bittet, auf einen Ausflug mitzukommen, sperrst du mich bitte in einen Schrank ein, wo mich niemand finden kann.«

Ich grinse. »Wird gemacht, versprochen.« Suchend blicke ich mich um, weil ich meine Brille verlegt habe und frage gleichzeitig: »So schlimm?«

»Das kann man wohl sagen. Ich war ständig mit Wäsche beschäftigt. Der alte Henning wollte an meine und ich hatte jede Sekunde Angst, dass eine unserer Schülerinnen ihre auszieht und schwanger aus der Stadt der Liebe zurückkehrt.«

Ich muss schmunzeln bei der Vorstellung, wie Loreen versucht aufzupassen, dass sich niemand heimlich verdrückt. Vor allem, weil die Schüler das gewisse Alter haben, in dem man seinen Körper anfängt zu entdecken und auch den des anderen Geschlechts. Ein schwieriges Unterfangen.

Ich reiße die Schublade meines Tisches auf. Nichts. Wie ärgerlich. Die rahmenlose Brille habe ich erst seit zwei Wochen und ich bin stolz darauf, weil sie so unauffällig ist und mir schon viele Komplimente eingebracht hat.

»Nur gut, dass er in ein paar Monaten in Rente geht.«

»Wer?« Ich runzle die Stirn. »Sie muss doch hier irgendwo sein«, murmle ich.

»Na, der Henning. Bald sind wir ihn los.«

»Ach so.« Ich knie mich auf den Boden und wühle in meiner Tasche. »Gehst du heute Abend mit mir joggen?«

»Du gehst doch immer morgens laufen? Hab ich was verpasst?«

»Eigentlich schon, aber heute früh war das Wasser in unserer Straße wegen irgendwelcher Bauarbeiten abgestellt und ich konnte ja wohl schlecht Sport machen und dann ungeduscht hier auftauchen.« Ich stelle mich wieder hin, immer noch ohne Brille.

»Sieh dir nur mal deine Beinmuskeln an. Niemand sieht so scharf in Jeans aus wie du. Kein Wunder, dass David schon so lange an dir klebt.«

»Du spinnst.« Ich kichere und mein Herz macht einen Hüpfer, als ich an meinen Freund denke. »Also kommst du nun mit?«

»Vergiss es. Ich mache heute Abend nur noch Sport mit Sven.« Sie zwinkert mir zu.

»Ich dachte, du wolltest vor Paris mit ihm Schluss machen?«

»Ja, aber das habe ich verschoben. Ich behalte ihn vielleicht noch über die Sommerferien.« Sie befreit ihren Ohrring, der sich in einer Haarsträhne verfangen hat.

»Jetzt mach nicht so ein Gesicht. Wir können nicht alle so hoffnungslose Romantiker sein wie du und David. Sven weiß, dass das mit uns nichts Ernstes ist.« Mit Schwung zieht sie sich auf meinen Lehrertisch und setzt sich trotz ihres Kleides breitbeinig hin.

»Sehr damenhaft,« stelle ich fest.

Sie winkt ab. »Ist doch Wurst, wir sind ja unter uns.« Sie wirft einen Blick auf die Tafel und Peters hingekritzelte Worte.

»Jeder ist seines Glückes Schmied«, liest sie laut vor und lacht. »Ach, Lonilein, hast du mal wieder versucht, aus deinen Schülern solche Sonnenkinder zu machen, wie du eins bist?«

»Was ist daran falsch? Positives Denken kann man lernen.«

»Ich habe ja nicht gesagt, dass es falsch ist. Es ist sogar schön. Wahrscheinlich bin ich nur neidisch, weil ich so ein Miesepeter bin und nicht wie du eine Glücksfarbe, unsichtbare Verbündete im Universum und eine ganze Palette an motivierenden Sprüchen habe.« Sie macht eine Grimasse und wir müssen beide lachen.

»Begleitest du mich morgen Nachmittag in die Stadt? David ist noch bei seinen Eltern und ich brauche ein Geschenk für Kate, sie hat in ein paar Wochen Geburtstag. Wenn ich allein unterwegs bin, lande ich ja doch viel zu früh im Eiscafé. Kate zu beschenken ist eine riesige Herausforderung. Sie mag unkompliziert sein, aber ich bin es nicht. Ich rechne damit, dass ich mindestens einen Monat durch die Geschäfte streifen muss, bis ich das finde, was zu ihr passt.«

»Du meinst, es findet dich«, zieht Loreen mich auf. Sie springt vom Tisch. »Sorry, ich muss dich auch für morgen versetzen. Du wirst leider nicht mit deiner zweitbesten Freundin nach dem perfekten Geschenk für deine ungeschlagene Nummer eins Kate suchen können.«

Ich ignoriere ihre Bemerkung. Loreen tut gerne so, als wäre sie eifersüchtig auf meine Freundschaft mit Kate, obwohl sie selbst ein paar Freundinnen hat, denen sie nähersteht als mir.

»Sven?«, frage ich.

»Schön wär's. Zahnarzt.« Sie verzieht das Gesicht. »Ich sollte wirklich zu David wechseln. Neben dir ist er der netteste Mensch, den ich kenne, er ist bestimmt ein toller Zahnarzt und nicht so ein Sadist wie meiner.«

»Was hält dich bei deinem?«

»Keine Ahnung. Vielleicht, dass er so gut aussieht?« Sie zieht eine Augenbraue hoch.

»David sieht auch gut aus.«

»Stimmt, aber er ist vergeben.« Sie legt ihre Hände auf ihr Herz. »Na schön, ich gehe noch ein letztes Mal hin«, sagt sie in einem Ton, der uns zum Lachen bringt, weil wir beide wissen, dass sie sich nach ihrer Behandlung einen neuen Termin holen wird.

»Lass uns gehen, ich finde es gruselig, die Letzte im Schulgebäude zu sein.«

Ich nicke, greife nach meiner Tasche und sehe mich ein letztes Mal im Raum um.

»Du weißt schon, dass du deine Brille im Haar trägst?«

Ich reiße die Augen auf, fasse mir an den Kopf und ziehe die Brille aus dem glattgegelten Haar. Loreen gluckst, als sie mich am Arm packt und aus dem Klassenzimmer zieht.

»Lonilein, du Verrückte, dich muss man einfach lieben«, flötet sie, bevor sie mir die Zunge rausstreckt.

Kapitel 2

Ich presse das Handy an mein Ohr in der Hoffnung, trotz des Lärms etwas zu verstehen.

»Ich habe dich nicht verstanden. Es ist gerade ein Lastwagen vorbeigefahren.«

»Ich wollte wissen, wann David wieder da ist«, wiederholt mein Vater, begleitet von einem Geräusch, das verdächtig nach Scherben klingt. »Scheiße.«

»Was ist passiert?« Auf dem Weg zum Altmarkt entdecke ich auf der anderen Straßenseite ein Geschäft, das ich noch nicht kenne. Butik Elena steht auf dem süßen Aushängeschild über dem Laden. Als ich die Straße überquere und vor einem der Schaufenster stehen bleibe, sehe ich, dass es gerade neu eröffnet wurde. Es ist ein Geschenkeladen und ich könnte nicht glücklicher sein, als ich die vielen tollen Wohnaccessoires im Landhausstil begutachte. Kate liebt alles, was etwas mit Landhausstil und Skandinavien zu tun hat. Ich bin gerettet, denke ich, während mein Vater am Telefon dabei zu sein scheint etwas aufzusammeln.

»Halb so wild. Ich räume gerade die Spülmaschine aus und mir ist ein Teller aus der Hand gerutscht.« Er lacht. »Ich weiß, was du in exakt zwei Sekunden sagen wirst.«

Ich stimme in sein Lachen mit ein. »Ich werde nicht sagen, dass Scherben Glück bringen.«
»Aber gedacht hast du es.«
»Nein, auch nicht. Ich habe an David gedacht und an die Antwort auf deine Frage. Er kommt morgen früh zurück.«
»Geht es seiner Mutter besser?«
Ich werfe einen Blick in den Himmel, der sich heute in ein strahlendes Blau gekleidet hat, so dass man sich wie im Urlaub vorkommt, kurz bevor man ins Meer eintaucht und alles einfach nur wunderbar ist.
Ich erkläre meinem Vater, dass der Beinbruch meiner Schwiegermutter, die ich gerne so nenne, obwohl David und ich nicht verheiratet sind, unkompliziert ist. Mir liegt auf der Zunge, dass er und ich wohl am besten wissen, dass es viel Schlimmeres gibt als ein gebrochenes Bein.
»Ich habe kürzlich gelesen, dass man das Unerfreuliche wie einen Fluss betrachten soll. Man soll sich treiben lassen und nicht gegen den Strom anschwimmen. Und irgendwann wird man dann zum Ufer gelangen.«
»Da ist sie wieder, meine kleine Philosophin«, sagt mein Vater liebevoll. »Wahrscheinlich hast du recht. Deswegen werde ich die Scherben auch nicht zusammenkleben. Das sagt doch auch was über mich aus, oder?«
Ich lächle. »Ja, es sagt aus, dass du schon, als Thomas und ich Kinder waren, Reißaus genommen hast, wenn es ums Basteln ging. Aber keine Sorge, das hast du mit deinen leckeren Torten wettgemacht.«
»Na, da bin ich ja beruhigt. Wo wir gerade davon sprechen. Ich habe gestern ein neues Rezept ausprobiert. Also der Tortenboden …«
Ich lächle, während ich zum nächsten Schaufenster gehe und ein Kaffeeservice entdecke, das ich mir sogar selbst kaufen würde. Mein

Vater berichtet in allen Details von seiner neusten Kreation und ich kann nicht verhindern, dass meine Gedanken abschweifen, so ansprechend die Schokoladentorte auch klingt. Unterbrechen will ich ihn aber auch nicht, weil er mir auch immer zuhört und ich dafür sorgen möchte, dass er sich niemals einsam fühlt. Ich lasse meinen Blick über die Geschäfte auf der gegenüberliegenden Seite schweifen. Vielleicht sollte ich Kate einen riesigen Teddybären schenken, den sie als Dekoration in ihr Schlafzimmer setzen kann, bis sie ein Kinderzimmer braucht. Wieder schaue ich zum Himmel, der so hell ist, dass meine Augen tränen. Ich drücke ihr so sehr die Daumen, dass sich ihr größter Wunsch bald erfüllen wird, denke ich, während mein Blick der Straße bis zur Kreuzung folgt.

Auf einmal hüpft mein Herz ganz kurz aus dem Takt und mein Atem beschleunigt sich. Wie aus dem Nichts ist er auf einmal da. Locker schlendert er über den Bürgersteig, die Hände in den Hosentaschen, hellblaue Jeans und ein schwarzes T-Shirt. Ich halte den Atem an. Er kann es nicht sein. Es hieß, dass er fortgegangen ist. Warum sollte er ausgerechnet hierher zurückkommen? Ich mustere sein Profil und bin dankbar, dass ich meine Brille trage. Obwohl ich ihn nur von Weitem sehe, erkenne ich, dass er es wider Erwarten doch ist. Ich drücke mich an das Schaufenster des Geschäfts und versuche mit ihm zu verschmelzen in der Hoffnung, dass er mich nicht sieht.

»Loni? Ist alles in Ordnung? Hörst du mir überhaupt zu?«

»Ich muss Schluss machen. Die Torte klingt super. Ich melde mich nachher.« Hastig verabschiede ich mich von meinem Vater, stecke das Handy in meine Tasche und flüchte in das Geschäft. In meinem Kopf beginnt sich alles zu drehen. Habe ich da wirklich gerade Lars gesehen? Das kann einfach nicht sein. Das darf nicht sein. Warum sollte er wiederkommen?

Ich versuche, mich auf meinen Atem zu konzentrieren. Ich darf jetzt nicht überreagieren. Vielleicht war er es ja doch nicht, beruhige ich mich. Ich habe ihn ewig nicht gesehen, bestimmt sieht er mittlerweile ganz anders aus als in meiner Erinnerung, die letzten Endes einem zuerst verliebten und dann verzweifelten Teenager gehörte. Verwechslungen sind etwas Alltägliches, sicherlich habe ich mich getäuscht. Und selbst wenn er es war, muss das nichts Großes bedeuten. Wahrscheinlich bleibt er nicht einmal lange, rastlos, wie er immer schon war. Außerdem ist das alles lange her und abgeschlossen, ich habe es überwunden. Ich lege meine Handflächen aufeinander. Sie fühlen sich trotz der Sommerwärme, die den Tag schon seit den frühen Morgenstunden umhüllt, eiskalt an. Meine Lippen beben, aber ich wehre mich dagegen, ich werde jetzt nicht weinen. Warum auch? Sollte ich Lars je wieder gegenüberstehen, werde ich das mit Fassung tragen, ein paar nette Worte mit ihm wechseln, mehr nicht. Ich schließe die Augen und presse meine Hände fester aneinander. Ich habe schon so viel überstanden, ich lasse mich sicher nicht von einem Hirngespinst aus der Fassung bringen. Meine Hände beginnen zu zittern, aber ich hülle mich in wärmende Gedanken ein. Ich vertraue dem Leben, alles läuft in die richtige Richtung und trägt mich mit sich.

»Geht es Ihnen gut?« Ich öffne die Augen wieder und blicke in das freundliche Gesicht einer jungen Frau.

»Es geht mir gut, danke. Nur der Kreislauf.«

Sie lächelt. »Ach ja, so geht es mir auch immer, wenn ich nicht genug trinke. Soll ich ihnen ein Glas Wasser bringen?«

»Oh ja, das wäre toll, vielen Dank.«

Mein Handy klingelt, was mir in dem Moment sehr unangenehm ist, da es die Ruhe im Geschäft stört.

Schnell gehe ich ran, damit es nicht länger klingelt.

»Loni? Was ist los?«

»Nichts. Ich hatte nur ein kleines Problem mit dem Kreislauf, vielleicht niedriger Blutdruck.« Ich atme tief durch.

»Trinkst du genug?«

Mein Herz rast, als ob ich gerade einen Sprint hinter mir hätte. Ich kann nicht verhindern, dass die Sehnsucht in mir pocht, zaghaft wie ein Hauch, der aus einer Zeit herüberweht, als ich dafür gelebt habe, Lars' Lächeln zu sehen und seine Haut zu spüren, die irgendwie auch meine war. Ich spüre der Empfindung für einen Augenblick nach und versuche sie dann, mit einem Kopfschütteln loszuwerden.

»Es ist wirklich alles in Ordnung, mach dir keine Gedanken«, versichere ich meinem Vater. »Ich bin in einem Geschäft und die nette Verkäuferin holt mir gerade ein Glas Wasser.« Ich versuche mich wieder auf meine Aufgabe, nämlich ein Geschenk für Kate zu finden, zu konzentrieren.

Kapitel 3

Ich atme noch einmal tief ein und öffne danach die Haustür. Ein wunderbarer Morgen, der schöner hätte nicht starten können. Ich liebe es, morgens an der Grundschule vorbei und dann den Wurzelweg, der direkt in den Wald führt, entlang zu joggen. Manchmal mache ich einen Abstecher und laufe dann direkt an der Zschopau. Die friedlichen Geräusche des Waldes und Flusses helfen mir, mich zu entspannen und loszulassen.

Auf dem Rückweg kleben meine zum Pferdeschwanz gebundenen Haare an meinem Nacken. Schweißperlen laufen meinen Rücken herunter und kitzeln mich.

Ich lege meinen Schlüssel in die cremefarbene Schale, die auf der Kommode im Flur steht. Kurz bleibt mein Blick an meinem blassen Gesicht im Spiegel hängen. Ich brauche Urlaub.

Verreisen werden David und ich in diesen Sommerferien ausnahmsweise nicht, da er sich vor einigen Monaten den Traum von der eigenen Praxis erfüllt hat. Obwohl ich diese Entscheidung nicht bereue, würde ich trotzdem gerne bald mal wieder irgendwo im warmen Sand sitzen und den Geschichten der Wellen lauschen. Bestimmt wäre ich ein anderer Mensch, wenn ich am Meer aufgewachsen wäre. Ich seufze kurz auf, während ich meine Laufschuhe und den unsinnigen Gedanken abstreife.

Aus der Küche ertönt das mahlende Geräusch des Kaffeevollautomaten, der gerade frische Bohnen zermahlt und zu einem leckeren Kaffee verarbeitet. Ich liebe diesen Geruch am Morgen. Ein Kribbeln durchfährt meinen Körper, weil es auch bedeutet, dass David wieder da ist und uns gerade ein leckeres Frühstück in der Küche zubereitet.

»Da bist du ja! Du hast mir gefehlt!« David reißt die Tür auf und strahlt mich mit seinen hellblauen, von winzigen Fältchen umgebenen Augen an. Ich setze ein strahlendes Lächeln auf, lasse mich trotz meiner verschwitzten Kleidung in seine Arme fallen und vergrabe meine Hände in seinem hellbraunen Haar, das wirr von seinem Kopf absteht. Wenn man ihn gut kennt, weiß man, dass er nicht gerade aufgestanden ist, sondern sich diese Frisur, mit der ich ihn auch nach zehn Jahren Beziehung unwiderstehlich finde, jeden Morgen absichtlich verpasst.

»Ich war joggen«, krächze ich, obwohl ich das tagtäglich tue und David also nichts Neues mitteile. Mein Mund ist trocken und meine Beine fühlen sich nicht an, als ob es dieselben wären, die mich gerade eine Stunde durch den Wald getragen haben.

»Was du nicht sagst«, lacht David, drückt mir einen Kuss auf die Lippen und zieht mich in die Küche hinein, in der es köstlich nach Kaffee, Zitrone und warmen Brötchen duftet. Eine Welle der Zuneigung überkommt mich. Während David das kunstvoll auf der Arbeitsplatte unserer kleinen Einbauküche drapierte Obst in einen bunten Salat verwandelt, erzählt er von seinen Eltern.

»Weißt du eigentlich, was für ein großartiger Mensch du bist?«, sage ich, als er mit seiner Schilderung geendet hat. Ich stelle mich hinter David und kitzle ihn am Bauch. Er zuckt zusammen und lacht sein unbeschwertes Jungenlachen, das mich augenblicklich mitreißt.

»Vorsicht, ich hab das Messer noch in der Hand!« Er dreht sich um und deutet auf mein Gesicht. »Du kneifst die Augen zusammen. Du solltest deine Brille tragen.« Er lächelt mich an. »Noch dazu, wo du so unglaublich gut damit aussiehst.«

Ich reiße die Augen übertrieben auf, gehe ein paar Schritte rückwärts und werfe ihm eine Kusshand zu. »Ich springe schnell unter die Dusche, bin gleich wieder da.«

»Geht klar.« David schmunzelt. »Ich muss allerdings zugeben, dass ich lieber mit dir unter der Dusche wäre als mich hier mit Apfelkernen herumzuschlagen.«

»Zuerst das Frühstück, dann das Vergnügen«, lache ich und füge hinzu: »Ich mache schnell.«

»Loni?«

»Ja?« Ich halte inne und bleibe im Flur stehen.

»Jenny hat für übermorgen abgesagt. Ich habe also bis zehn Uhr frei.«

Ich lächle, als ich an Davids sympathische, aber überdrehte Schwester Jennifer denke, die ihre regelmäßigen Besuche bevorzugt mit einem Termin in seiner Praxis verbindet, um ihrer Karies-Panik den Garaus zu machen.

»Das passt perfekt, ich habe am Montag erst um elf Unterricht.«

»Sehr schön, so und jetzt ab in die Dusche!«

Noch bevor ich das Badezimmer am anderen Ende des Flurs erreicht habe, hallt Take on me von a-ha durch die Wohnung, hingebungsvoll von Davids charmant-schiefen Tönen begleitet. Ich werfe meine Sportkleidung in den Wäschekorb und tänzle in die Dusche hinein.

»Wann sollen wir eigentlich heute bei Kate sein?«, fragt David, während er meine orangefarbene Schüssel, ein heiß geliebtes Überbleibsel aus der Studentenzeit, mit Obstsalat füllt.

»Gegen 16 Uhr. Mein Vater kommt auch, er hat eine Schokoladentorte gemacht. Ein neues Rezept.« Eine Traube fällt von meiner Gabel und rollt über den Parkettboden. Ich lasse mich seitlich vom Stuhl gleiten und versuche, danach zu greifen. Meine Fingerspitze berührt sie, doch sie entfernt sich nur weiter. Genervt lasse ich die Traube liegen und setze mich so abrupt auf, dass mir schwindlig wird. Ich bin so unausgeglichen, dass mich so eine kleine Weintraube schon aus der Fassung bringt.

»Ich befürchte, Kate will wieder Monopoly spielen. Mit zweiundzwanzig haben wir an unseren Geburtstagen die Straßen unsicher gemacht, zehn Jahre später kaufen wir sie mit Spielgeld. Ich frage mich, was besser ist.«

»Definitiv das Erste. Sonst hätten wir uns nie kennengelernt.« David schaut mir fest und voller Liebe in die Augen.

»Wir sind füreinander bestimmt, also hätten wir uns so oder so gefunden«, sage ich hastiger, als ich es wollte.

»Ein schöner Gedanke.« Irre ich mich oder klingt er auf einmal traurig?

»Eine Tatsache«, betone ich. »Sieh dir nur mal Thomas und Kate an. Ich habe den größten Teil meiner Jugend damit verbracht, mir Kates Schwärmereien über meinen Bruder anzuhören, für den sie immer nur die beste Freundin seiner kleinen Schwester war. Und dann, zack – Happy End!« Ich breite die Arme theatralisch aus. »Jetzt sind sie schon über ein Jahr verheiratet«, ergänze ich. »Es findet zusammen, was zusammen gehört.«

Mein Herz beginnt wild zu pochen, als ich an den Abend zurückdenke, als mein pflichtbewusster Bruder, der sich damals schon in der Ausbildung zum Polizisten befand, Kate auf einer Party vor einem aufdringlichen Partygast und seinen Freunden beschützte und sie im Anschluss daran um ein Date bat, so dass ihre Liebesgeschichte ihren Lauf nahm. Nur Kate weiß, dass ich einem der Unruhestifter hinterhergerannt bin und von ihm einen Kuss bekommen habe, den man nie mehr vergisst. David habe ich davon nie erzählt. Wozu auch? Ich war siebzehn und heimlich mit einem Jungen zusammen, den ich heute, fünfzehn Jahre später, nicht einmal in meiner Klasse haben wollen würde, rebellisch und provokant, wie er war. Diesen Teil meines Lebens habe ich irgendwann verdrängt und versucht, aus meinem Kopf zu streichen, denn es war mehr als jugendlicher Leichtsinn, mehr als einfach nur eine Entscheidung.

Für einen kurzen Moment tauchen die Geister der Vergangenheit vor meinem geistigen Auge auf, als ich daran denke, Lars vielleicht in der Stadt gesehen zu haben.

David mustert mich mit gerunzelter Stirn. Er sieht aus, als ob er etwas sagen wollte, bleibt aber stumm und wirft sich schließlich eine Traube in den Mund.

»Ich hole meine Brille«, stottere ich und stehe hastig auf.

Kapitel 4

Ich beobachte Kate, die an ihrer Unterlippe knabbert und gespannt auf die Nägel ihrer freien Hand starrt, die mich an eine Tüte bunte Bonbons erinnern. Sie erwartet doch nicht etwa eine Antwort von meiner Mutter? Vielleicht ist Kate die wahre Optimistin unter uns.

Mit einem Lächeln, zu dem ich mich zwinge, nicke ich meiner besten Freundin zu. Davids Hände streicheln meinen Rücken und verfangen sich dabei immer wieder in meinen Haaren. Kate seufzt kaum merklich und ihre Augen werden feucht. Sie hat mich verstanden.

Ich halte die Luft an, hin- und hergerissen zwischen dem Wunsch, mich zu David umzudrehen, und der Angst, das Mitgefühl in seinen Augen heute nicht aushalten zu können. Kate schaltet den Lautsprecher in ihrem Handy aus und führt es an ihr Ohr. Dann flüstert sie mit ungewohnt dünner Stimme sowie nervösen Blicken auf meinen Bruder Thomas und meinen Vater: »Ich muss jetzt auflegen, Judith. Ich denke an dich, wenn ich gleich die Kerzen ausblase. Dein Mann hat sich mit seiner Torte bestimmt wieder selbst übertroffen.« Sie räuspert sich und kämpft gegen ihren Widerwillen, sich von dem Schatten der Frau zu verabschieden, die meine Mutter einst war. Vor meiner Geburt. Hektisch drücke ich David einen Kuss auf die glatt rasierte Wange und drehe den Kopf weg, bevor er etwas sagen kann.

Kate legt das Handy und jeden Rest Hoffnung ab, gleich neben die Servietten mit den lustigen Gesichtern, für die sie sich auch mit Anfang dreißig nicht zu alt findet. Ihr Finger nähert sich der Taste mit dem roten Hörer und mit einer einzigen Geste erlöst sie uns vom Warten, von der Stille, die wie eine graue, geschwollene Wolke über uns schwebt, jedes Mal, wenn wir diese Nummer wählen.

»Frau Werner wird hoffentlich dran denken, aufzulegen. Sonst kann man Judith nicht erreichen.« Die Hände auf meinem Rücken halten inne. Kate errötet, als sie sich der Absurdität ihrer Aussage bewusst wird.

Thomas schiebt seinen Stuhl nach hinten und hastet in die Küche. Ich sacke zusammen, was David dazu veranlasst, mich sanft an den Schultern zu packen, als hätte er Angst, dass ich ihm entrinnen könnte. Während er meinen Hinterkopf küsst, spüre ich Kates Blick auf mir. Sie weiß, wie sehr ich noch immer darunter leide, aber sie wird mich nicht darauf ansprechen, weil sie weiß, dass ich sie sowieso beruhigend anlächeln und so tun würde, als hätte meine Geburt meine Familie nicht ins Unglück gerissen. Der Gedanke tut weh. Und trotzdem muss es irgendwie weitergehen.

Ich springe von Davids Schoß auf. »Thomas holt bestimmt den Sekt. Ich helfe ihm.«

Kate ist ebenfalls aufgestanden. »Warte. Wenn du kurz mit hochkommst, kann ich dir die Vase zeigen, mit der ich den Glasmalerei-Kurs abgeschlossen habe.«

»Unbedingt.« Kates Leben besteht neben ihrem Job in einem Reisebüro und ihrer Ehe mit meinem Bruder aus einer endlosen Aneinanderreihung von Kursen. Sie ist immer auf der Suche nach Neuem, während ich die Ruhe bevorzuge, die die Routine mit sich bringt.

»Lass mich raten: Als Nächstes willst du lernen, wie man Weihnachtsbäume dazu bringt, Gedichte zu zitieren!«, behaupte ich trocken.

Kate kichert. »Fast richtig.« Sie legt eine Hand auf ihr Herz. »Ich beabsichtige, mich in traditioneller Schamanenkultur weiterzubilden.«

»Auch gut. Ich liebe dich, egal wie verrückt du bist.« Ich kneife sie in die üppigen Hüften, die von ihrem ozeanblauen Wickelkleid betont werden, und sie quiekt. Im Zusammenspiel mit der gelben Zuckerwatte, an die mich ihre Hochsteckfrisur erinnert, bekomme ich das tröstende Gefühl, dass alles in Ordnung ist. Dabei zeigt mir die Tatsache, dass Thomas nun mit fünf Sektgläsern hereinkommt und seiner Frau das erste in die Hand drückt, dass es das eben nicht ist. Wie kann das Leben so ungerecht sein, denke ich, während ich über mein orangefarbenes Etuikleid streiche, das auf meinem platten, muskulösen Bauch keine einzige Falte wirft.

»Frank und ich kümmern uns um die Musik«, kündigt er an. »Lass mich dich mit dem Bluetooth-Universum bekanntmachen!«, ruft er meinem Vater zu.

»Ach Loni, nach all den Jahren müsste dein Freund langsam verstanden haben, dass ich ihm immer einen Schritt voraus bin.«

David lacht auf. »Reines Wunschdenken. Komm, ich zeige dir, was gerade so gehört wird. Elvis lebt nicht mehr, weißt du.« Seine Leichtlebigkeit ist wie ein Regenbogen mitten im Wohnzimmer, auf den wir alle aufspringen, denke ich und eine wohlige Wärme umhüllt mich.

Thomas räuspert sich lautstark. »Erlaube mir, meinen Vater zu verteidigen. Lieber David, du bist es doch, der ständig die verstaubten Lieder aus längst vergangenen Zeiten trällert, sogar während du mir im Zahn rumgebohrt hast.«

»Das halte ich für ein Gerücht.« Das amüsierte Aufblitzen in Davids Augen lässt mein Herz hüpfen. Ich lächle in mich hinein, dankbar für das Geplänkel.

Kate nimmt mir mein Glas aus der Hand und stellt es zusammen mit ihrem ab. Wortlos zieht sie mich in den hellgrün gestrichenen Flur und die weiß lackierte Holztreppe hinauf, geradewegs in ihr Schlafzimmer, das so rosa ist, dass ich Thomas, den ich unten schallend lachen höre, für seine Kompromissbereitschaft bewundere.

Ich lasse mich auf das großzügige Bett mit den vielen Kissen fallen.

»Zeig mir dein Meisterwerk!«

»Das mit der Vase war nur ein Vorwand.« Sie macht eine Pause, bevor sie deutlich leiser als zuvor weiterspricht. »Ich habe gestern meine Tage gekriegt.«

Ich setze mich abrupt auf. Kate steht mit hängenden Schultern vor mir. Mit ihrer hellen Haut und dem knallroten Lippenstift sieht sie aus wie ein trauriger Clown. Ihr Anblick zerreißt mir das Herz.

»Das tut mir leid. Und ich Idiot schenke dir diesen dämlichen Teddybären mit seiner noch dämlicheren Symbolik.« Ich ziehe sie zu mir aufs Bett und drücke sie an mich. Ich könnte mich ohrfeigen, dass ihr doch nicht einfach etwas Schönes bei Butik Elena gekauft habe.

»Schon gut. Deine positive Art tut mir gut.«

»Ich habe es schon geahnt, wegen des Sekts gerade. Aber du bist noch jung. Was nicht ist, kann noch werden.«

»Ja, vielleicht. Also sollte ich mich wohl noch nicht vor den nächsten Zug werfen.« Kate schluchzt auf.

»Hör auf damit, du machst mir Angst.« Ich wische ihre Tränen weg und ignoriere meine.

»Entschuldige.« Sie seufzt. »Eigentlich geht es mir besser als je zuvor. Der Druck ist weg. Wir geben auf, Thomas und ich.«

»Was?« Entsetzt reiße ich die Augen auf. »Ihr wollt euch doch nicht etwa scheiden lassen?«

»Nein! Aber wir werden nicht mehr versuchen, schwanger zu werden. Vielleicht sind wir nicht dazu bestimmt, Eltern zu sein.«

Ich schließe die Augen. Das schmale, blasse Gesicht meiner Mutter schwebt auf mich zu, eine durchsichtige schwere Träne, die irgendwo in meinem Inneren zerschellt. Mich zu wollen, war der größte Fehler meiner Mutter. Nun liegt sie steif in ihrem Bett, ohne Sprache, mit einem Hörer am Ohr, durch den Stimmen sprechen, auf die sie nicht antworten kann, gefangen in einem Körper, mit dem sie nichts mehr anfangen kann. Ihr letzter glücklicher Moment war wahrscheinlich, als sie bemerkt hat, dass die Wehen einsetzen und sie meinem Bruder ein Schwesterchen schenken wird. Sie konnte nicht ahnen, dass sie Schlaganfallpatientin und nicht Mutter werden würde. Ein bitterer Geschmack macht sich in meinem Mund breit, so bitter wie die Erkenntnis, dass ohne mich alles anders wäre. Ich versuche den Gedanken beiseite zu schieben, wie ich es immer tue.

»Ihr habt es doch noch gar nicht mit einer Kinderwunschklinik versucht. Nichts gegen Doktor Recker, aber er ist auch nicht mehr der Jüngste und kennt sich vielleicht nicht mit den neusten Möglichkeiten aus.«

»Dein Optimismus in Ehren, Loni. Aber die Sache lässt sich ganz einfach auf den Punkt bringen: Ich ertrage keine weitere Fehlgeburt. Und keinen einzigen negativen Schwangerschaftstest mehr.« Sie zieht die Nase hoch und spielt mit der Perlenkette in ihrem Dekolleté.

Ich schnappe nach Luft. Ich will nicht daran denken, nicht jetzt. Das Zimmer beginnt sich zu drehen. Für den Bruchteil einer Sekunde sehe ich diesen blassen zweiten Strich vor mir. Eine hellrosa Linie, die mit der Bordüre an Kates Schlafzimmerwand verschmilzt. Ich starre auf mein Kleid. Orange ist meine Glücksfarbe. Orange wird mich beschützen. Ich kneife die Augen zusammen und spüre ein Kribbeln im Bauch. Mein Atem bebt. Ein orangefarbener Strampelanzug mit einem kleinen blauen Elefanten darauf liegt neben mir auf dem Nachttisch, ein Willkommensgeschenk zum Abschied. Eine Hand. Eine winzige, zerbrechliche Hand. Erinnerungsfetzen steigen in meinem Inneren empor, unbesiegbar wie Unkraut, das die schönsten Blumen würgt.

»Loni? Alles gut bei dir?«

»Was?« Mit einem Blinzeln gewinnt Kate ihre Konturen und ich meine Fassung zurück.

»Vielleicht sollten wir wieder runtergehen.« Ich stehe auf und Kate tut es mir gleich.

»Moment noch.« Ich streiche über ihren Unterarm. »Ich habe gerade echt mies reagiert. Ich fühle mit dir, auch wenn es nicht so aussieht.«

»Das weiß ich doch. Ich hätte damit nicht einfach so rausplatzen sollen. Du bist immer so fröhlich und da vergesse ich manchmal, dass du …«

Wir sehen uns stumm an und ich wünschte, ich könnte ihr erzählen, dass ich Lars vielleicht gesehen habe und seitdem immer mal wieder kleine Fetzen aus meiner Vergangenheit den Weg aus der Dunkelheit suchen. Aber hier ist wohl kaum der passende Ort dafür, was sich im nächsten Moment bestätigt, als es klopft. Kate und ich wischen uns so synchron über die Augen, dass wir lachen müssen.

»Habt ihr etwa vor, hier Wurzeln zu schlagen, statt Sahne für die herrliche Torte, die unten wartet?«, ulkt David, der im Türrahmen steht.

»Deine Witze waren schon mal besser.« Kate scheucht ihn aus dem Zimmer, gibt ihm einen Klaps auf die Schulter und ruft, während sie an ihm vorbei die Treppen heruntereilt: »So, jetzt wird gefeiert! Und natürlich Monopoly gespielt! Die Schlossallee und die Parkstraße gehören mir!«

»Hoch lebe unsere Kate!« David zwinkert mir zu, legt seine Arme um meine Taille und zieht mich an sich. »Ich habe nachher eine Überraschung für dich«, murmelt er in mein Ohr und ein wohliger Schauer überläuft mich. Ich schließe die Augen und versinke in unserem Kuss.

Kapitel 5

Ich nippe an meinem Sekt und lausche dem blubbernden Wasser, das von anspruchslosem musikalischem Gedudel begleitet wird.

»Es kommt mir vor, als ob sich gerade alle Verkalkungen des Alltags lösen.«

David zieht die Augenbrauen hoch und dreht sein Glas in den Händen. »Schatz, du kannst die Dusche ruhig öfter benutzen, dann kommt es gar nicht erst zu Verkalkungen.«

Ich kneife in seinen Arm. Wieder einmal hat er es geschafft, mich zu überraschen und hat mit seiner Idee genau ins Schwarze getroffen. Normalerweise nutzen wir die Sommerferien auch immer für einen Urlaub, doch nicht in diesem Jahr. Es war okay für mich, denn gleich zu Beginn der Ferien haben wir mit der Planung für die Renovierung von Davids neuen Praxisräumen begonnen. Da ich seinen Traum von der eigenen Zahnarztpraxis auch finanziell unterstütze, haben wir uns gegen einen Urlaub entschieden. Es ist besser, während der Renovierungsarbeiten vor Ort zu sein, und ich hatte zu Beginn der Ferien auch noch einiges für die Schule zu erledigen.

Und dann hing da auf einmal ein Umschlag an der Pinnwand in der Küche. Ein Kurzurlaub in einem Wellnesshotel am Meer. Damit ich das Meer noch einmal sehe, bevor das neue Schuljahr beginnt, stand auf der Karte. Ich wusste ganz genau, dass Kate ihre Finger im Spiel hatte und freute mich umso mehr, da sie genau weiß, was ich mag.

Und nun sind wir hier. Liegen Arm in Arm im Whirlpool und haben die schönste Aussicht, die man sich nur wünschen kann.

Wir stellen unsere Gläser ab und küssen uns. Ich will nie wieder jemand anderen küssen, denke ich, als auf einmal die Musik verstummt. Ich öffne die Augen und frage gespielt pikiert: »Wo ist denn jetzt die Kaufhausmusik hin, ich wollte gerade die Brieftasche zücken, um …«

David legt einen Finger auf seine Lippen und lächelt, während ein Tropfen aus seinem Haar über seine Nasenspitze rinnt. In seinen Augen liegt so viel Güte, so viel Liebe, so viel Ehrlichkeit, dass mir der Atem stockt. Im gleichen Moment wird das Licht gedimmt und A groovy kind of love von Phil Collins ertönt irgendwo aus dem Hintergrund.

»David, was …?« Ein fast schon schüchterner Kuss verhindert, dass ich weiterspreche. David lehnt seine Stirn an meine und streichelt meine Schultern.

»Loni, ich will nie mehr ohne dich sein.« Er räuspert sich, löst seine Stirn von meiner und fährt mit heiserer Stimme fort. »Du weißt, ich bin kein Mann großer Worte. Ich will nur, dass du weißt, dass ich mir nichts so sehr wünsche, wie dich heiraten zu dürfen. Also … Darf ich?« Er hält inne und fügt hinzu: »Und sag jetzt bloß nicht, dass wir uns das momentan nicht leisten können. Das zieht nicht, wenn es um uns geht.«

Ich lege meine Hände auf seine Wangen und atme tief ein. Phil Collins spricht mir aus der Seele. Mein Herz jubelt, als ich David tief in die Augen schaue.

»Ja, das darfst du«, wispere ich. David atmet erleichtert aus, als ob er die Luft angehalten hätte, und drückt mich fest an sich.

»Sie will mich heiraten!«, ruft er laut auf Englisch und ein paar Sekunden später bückt sich Tom, der sympathische Kellner mit der Himmelfahrtsnase und dem frechen Blitzen in den Augen zu uns herab, schenkt uns Sekt nach und drückt David etwas in die vom Wasser schrumpelige Hand. Tom zwinkert mir zu, hält beide Daumen hoch und verschwindet, ohne ein Wort zu sagen.

»Hat Tom etwa vor der Tür gewartet? Ist er dein Komplize in dieser Angelegenheit?« Ich ziehe David leicht am Ohrläppchen.

Er schmunzelt und zupft im Gegenzug an dem schiefen Dutt auf meinem Kopf, der sich aufzulösen droht.

»Ist er! Ich musste echt kämpfen, um Tom zu bekommen, denn den kauzigen Alten, der uns gestern beim Buffet angeschnauzt hat, wollte ich auf keinen Fall. Der soll abends vor dem Fernseher liegen und mir nicht den Heiratsantrag versauen!« Er verdreht die Augen. »Und nur für's Protokoll: Das hier ist keine Angelegenheit, sondern der wichtigste Augenblick in unserem Leben!« Er droht mir grinsend mit dem Zeigefinger.

»Hey, so böse kenne ich dich ja gar nicht«, feixe ich und fühle mich ganz leicht.

»Wenn ich heiraten will, ist mit mir nicht zu spaßen!« David nimmt meine Hand. »Ich liebe dich«, sagt er, während er mir einen schmalen Goldring mit einem ovalen, durchsichtig strahlenden Stein über den Finger stülpt.

»Er ist wunderschön«, hauche ich. »Und er passt.«

David küsst meine Hand und zieht mich an seine Brust. »Ich gestehe, Kate hat mir geholfen.« Er strahlt mich an. »Wir sollten jetzt hochgehen, der Zimmer-Service bringt uns ein herrliches Menü und danach könnten wir …« Er küsst meinen Mundwinkel und seine Lippen gleiten meinen Hals hinab zu meinem Schlüsselbein. Ein Kribbeln durchfährt meinen Körper.

»Gute Idee«, murmele ich, lege die Hände in seinen Nacken und halte mich an ihm fest.

Die Sonne blinzelt durch die Lamellen und winkt mir zu. Ich setze mich hin, reibe meine Augen und entwirre einen Knoten in meinen Haarspitzen. Mein Kopf hämmert, als ob er mir mitteilen wollte, dass ich höchstens drei Stunden geschlafen habe.

David liegt auf dem Bauch und die Sonnenstrahlen machen aus seinem nackten Rücken ein Kunstwerk. Seine Hände sind unter dem Kissen vergraben, seine Lippen umspielt ein subtiles Lächeln und er atmet gleichmäßig und tief. Sein Anblick strahlt Ruhe aus, die sich auf mich zu übertragen scheint. Alles fühlt sich so leicht und beschwingt an. Einerseits würde ich gern liegen bleiben und ihn einfach nur anschauen. Auf der anderen Seite ist der Wunsch, noch ein letztes Mal am Strand entlang zu joggen, größer. Ich hieve mich aus dem Bett und halte Ausschau nach meinen Laufschuhen, während ich mich ins Badezimmer schleiche.

Als ich meine Zähne putze, sehe ich den Verlobungsring im Spiegel aufblitzen. David. Mein großartiger Liebhaber. Mein bester Freund. Mein zukünftiger Ehemann. Mein Handy surrt und ich mache einen Satz zum Fensterbrett, um die eingegangene Nachricht zu lesen. Sie ist von Loreen.

Hallo Lady Loni, wie läuft es in Holland, alles paletti? Ich war gestern Nachmittag in der Schule, alles beim Alten. Aber: Ich bin dem neuen Gärtner über den Weg gelaufen. Lars. Ein Sahneschnittchen. Sieht aus wie …

»Heath Ledger«, murmele ich und vervollständige damit Loreens Satz. Übelkeit überkommt mich und ich werfe das Handy auf den

Wäschehaufen vor der Dusche. Es ist sicher ein anderer Lars. Ganz sicher.

»Warum gerade jetzt?« Ich schluchze, fasse mich aber schnell wieder. Fast niemand weiß etwas davon und die, die es wissen, schweigen, ich kann ihnen trauen. Ich straffe die Schultern. Wenn ich nur gut genug aufpasse, werde ich Lars nicht einmal begegnen. In meinem Inneren braut sich ein Sturm zusammen. Wie eine Vorahnung.

Hastig schlüpfe ich in Sportunterwäsche, knöchelhohe Socken, eine Jogginghose und ein Shirt, das so pink ist, dass es eher zu Kate als zu mir passt. Unter dem Waschbecken finde ich meine Laufschuhe, schnappe sie mir und schleiche mich, ohne einen weiteren Blick auf David zu werfen und ohne meine Brille vom Nachttisch zu nehmen, schnellstmöglich aus dem Hotel.

Schnellen Schrittes erreiche ich das Ende der Straße, ziehe ein Haarband aus der Hosentasche und bin erleichtert, als ich sehe, dass es orangefarben ist. Ich brauche meine Glücksfarbe mehr denn je, denke ich, während ich mir einen Pferdeschwanz binde und beschließe, am dritten und letzten Morgen dieses Urlaubs erstmals nach links abzubiegen, um eine Runde über den Strand zu drehen. Ich laufe los. Gegen den Uhrzeigersinn. Gegen den Schmerz, der gerade versucht, sich in mir breit zu machen.

Etwa eine halbe Stunde später bemerke ich, dass ich vom Gehweg abgekommen bin, als die Feuchtigkeit meine Sportschuhe durchdringt. Schnaufend schiebe ich die Erschöpfung von mir und meine schweren Beine durch den nassen Sand. Ich bemühe mich, nicht an Loreens Hiobsbotschaft zu denken, und versuche mir einzureden, dass es nicht mein Lars ist. Wie das klingt, mein Lars. Ich schüttle den Kopf und denke an David und das Gefühl, das er in mir aufsteigen lässt, wie die Sektbläschen gestern Abend in den Gläsern.

»Ich konzentriere mich nur auf das Schöne in meinem Leben«, sage ich mir in Gedanken. Wie ein Mantra wiederhole ich diesen Satz, sehe das Leuchten in Davids Gesicht vor mir und spüre seine Küsse auf meiner Haut kribbeln.

Einer meiner Schritte landet mitten in einer kleinen Welle, die um meine Sohlen herumtänzelt, und als das Wasser auf meine Waden spritzt, bleibe ich abrupt stehen, wende mich mit geschlossenen Augen der Sonne zu und spüre die Wärme aus dem Meer hervorsprudeln, während ich tief durchatme und den frischen Wind, der nicht nur hier, sondern seit gestern Abend auch in meinem Leben weht, in mir aufnehme. David und mich verbindet eine unerschütterliche Liebe, daran wird niemand etwas ändern, schon gar nicht Lars. Er ist ein Geist aus meiner Vergangenheit. Nichts weiter. Wahrscheinlich würde er mich nicht einmal wiedererkennen und das ist auch gut so.

Ein Kratzen in meinem Hals bringt mich zum Husten. Ich habe meine Wasserflasche im Hotel vergessen und meine Glieder schmerzen. Die Müdigkeit hat mich nicht vergessen, nur weil ich einen Verlobungsring trage und dem Rauschen der Wellen lausche.

Ich lasse mich in den Schneidersitz fallen. Das Wasser an meinen Beinen versucht, mich wach zu kitzeln, aber ich verspreche meinen trägen Augenlidern noch eine Minute Ruhe und stütze mich mit den Armen ab. Die Wellen kommen und gehen und mit jedem Mal nehmen sie ein Stück der düsteren Gedanken mit.

Kapitel 6

»Habt ihr denn schon ein Datum?« Marlies streicht sich den blonden Bob glatt und beißt in ihr Croissant.

Ich lege meine Brille auf den Tisch und strecke die Nase über die Tasse mit heißer Schokolade, die Teil des Frühstücks ist, das Marlies, Robert, Loreen und ich uns seit Jahren am ersten Schultag gönnen. Die Frage ist mir unangenehm, so als würde sie sich zu nahe an mich ran setzen, obwohl wir uns kaum kennen. Warum nur habe ich meinen Freunden von der Verlobung erzählt, kaum dass ich sie begrüßt hatte? Ich atme tief ein und denke mir, dass sie es früher oder später eh wegen des Rings bemerkt hätten. Der Duft meines Getränks zieht in meine Nase und erinnert mich augenblicklich an einen gemütlichen Nachmittag auf der Couch. Ich spüre, wie sich alles in mir zu entspannen beginnt und lasse los.

»Loni? Nicht schlafen! In einer Stunde beginnt die Show!« Loreens kratzige Stimme lässt mich zusammenzucken.

»Was?« Meine Freunde sehen mich erwartungsvoll an. »Äh, ich bin kurz in Gedanken durchgegangen, ob ich an alles gedacht habe. Für nachher.«

»Das kenne ich. Ich habe auch nach so vielen Jahren immer noch Angst, irgendwann in der Pyjamahose vor der Klasse zu stehen.« Robert seufzt. »Die Kleine zahnt. Ihr könnt euch nicht vorstellen, wie müde ich bin.«

»Das habe ich glücklicherweise hinter mir.« Marlies sieht Robert mitfühlend an. »Dafür haben wir jetzt einen Teenager im Haus. Der Erste von vier. Es wird also wohl in den kommenden Jahren nicht besser.« Sie schmunzelt in ihr von Goldfäden durchzogenes Halstuch hinein.

»Ich bin ja schon platt nach einem Jahr mit Kind. Wenn ich vier hätte, wäre mir der Pyjama-Auftritt sicher!« Robert gestikuliert so ungeschickt, dass er beinahe seinen Orangensaft verschüttet.

Ich mustere meinen Erdbeerjoghurt, als hätte ich noch nie etwas Faszinierenderes gesehen. Dabei versuche ich nicht an zahnende Babys, enthusiastische Väter und stolze Mütter zu denken. Meine Hand umklammert die heiße Tasse. Mein Blick bleibt an meinem Ringfinger hängen und ich sehe David vor mir. Er wäre ein guter Vater. Eigentlich wäre das doch das Nächste, das kommt. Ein Haus mit Garten, heiraten und dann Kinder. Das Haus haben wir schon und heiraten werden wir auch.

»Könnt ihr mal aufhören, uns unter die Nase zu reiben, dass ihr euch fortgepflanzt habt?« Loreen schlägt mit ihrem Löffel auf den Tisch und schüttelt den Kopf so entschieden, dass ihr schwarzer Pferdeschwanz hüpft. Sie erinnert mich immer an Schneewittchen, nur dass ihre Haare viel länger sind und sie ihr Herz aus Gold hinter ihrem oftmals ungehobelten Verhalten versteckt.

»Also, Loni! Wann kann ich in einem atemberaubenden Kleid betrunken eine Rede auf dich halten und den Trauzeugen verführen?« Sie zwinkert mir zu, als wüsste sie, dass ich das Thema Kinder nicht mag. Dabei kennt sie nicht einmal den Grund dafür.

»Wahrscheinlich im Frühjahr. Wenn wir es schaffen, bis dahin alles zu organisieren.« Ich schlucke schwer. Das Thema Kinder ist ein unausgesprochener Wunsch von David, von dem ich nicht weiß, ob ich ihm diesen jemals erfüllen kann.

»Frühjahr ist gut! Dann sind die Blümchen schon da und es ist noch nicht so warm, dass man schmilzt!« Loreen grinst. »Wo wir gerade dabei sind: Habt ihr den neuen Gärtner schon kennengelernt? Ich habe ihn heute Morgen aus der Ferne gesehen und kann es kaum erwarten, ihn noch einmal aus der Nähe zu bewundern.« Sie legt ihre Hände auf ihr Herz. »Der hat was! Ich gebe ihm noch ein paar Tage und dann lade ich ihn auf einen Kaffee ein.«

Ich kneife mich in den Arm. Mein ganzer Körper fühlt sich taub an, als würde er gar nicht zu mir gehören. Einen Moment lang befürchte ich, einfach umzukippen. Ich hatte es vergessen, verdrängt, wieder einmal. Es ist ganz sicher ein anderer Lars. Am liebsten würde ich mich selbst ohrfeigen.

Marlies beugt sich zu uns und wispert mit verschwörerischer Miene: »Ich habe gehört, dass er in seiner Jugend im Gefängnis war. Wegen Einbruchs und Körperverletzung. Und er hat die Stelle hier nur bekommen, weil sein Stiefvater stinkreich und mit unserem Direktor befreundet ist.«

Loreen reißt die Augen auf und ruft »Echt?«

Ein lautes Rauschen setzt in meinen Ohren ein.

»Entschuldigt mich kurz«, stammle ich, quetsche mich an Robert vorbei und stürme in den Toilettenraum. Heftige Würgeanfälle erschüttern meinen Körper, aber es gelingt mir nicht, mich zu übergeben, eher habe ich das Gefühl, zu ersticken.

»Loni? Brauchst du Hilfe?« Aus dem Augenwinkel sehe ich Loreens Haarspitzen. Ihr Parfüm steigt mir in die Nase und ich wünsche mir, dass sie mich an sich drückt, doch mein Magen zieht sich immer noch zusammen wie eine wütende Faust und verhindert, dass ich mich aufrichten kann.

»Geht schon«, keuche ich, bevor ich wieder würge.

Sie legt ihre Hand in meinen Nacken und streicht drüber. »Tief ein- und ausatmen«, rät sie mir und greift nach meinem Zopf, der mir über die Schulter gefallen ist. »Denk an was Schönes. An deinen Urlaub mit David zum Beispiel.«

Ich bemühe mich, das Meer vor meinem inneren Auge erscheinen zu lassen, aber alles, was ich sehe, ist dieser tiefe, schwarze Abgrund, in den ich gerade stürze. Dieses klaffende Loch, das mich mit allen meinen Träumen auffrisst. Die ganze Zeit über hatte ich gehofft, dass er es nicht ist, doch jetzt gibt es keine Zweifel mehr. Meine Vergangenheit hat mich eingeholt.

»Komm.« Loreen zieht mich zu sich hoch und drückt mich an sich.

»Nicht!«, presse ich hervor. »Ich glaube, ich muss mich übergeben!«

»Quatsch, das wird nicht passieren, der Anfall ist vorbei.« Sie sieht mich so entschlossen an, dass ich unwillkürlich lächeln muss und die Atemnot sich legt.

»Mein Magen traut sich nicht, dir zu widersprechen.«

»Gut so!« Sie lacht kurz auf, mustert mich dann ernst. »Was war das? Hast du was Schlechtes gegessen? Oder hast du einen Infekt? Du bist doch nicht etwa schwanger?«

Ich weiche ihrem Blick aus und schüttle den Kopf. »Stressmagen«, murmle ich.

»Wie kommt es denn dazu? Es waren doch gerade Sommerferien.«

»Keine Ahnung.« Ich zucke mit den Achseln und lege meine Hand auf ihren Arm. »Danke, dass du nach mir geschaut hast.«

»Ist doch selbstverständlich.« Sie drückt mir einen Kuss auf die Wange. »Ich schlage vor, du machst dich noch kurz frisch, während ich dir einen Kamillentee bestelle. Und dann stehst du nachher fit wie ein Turnschuh vor deinen Schülern, die ihr Glück kaum fassen können, dass die bezaubernde Frau Zill ihre Klassenlehrerin ist.« Sie stupst mich an. »Oder soll ich schon Frau Lohberg sagen?«

Ich lächle schief. »Da sind wir noch nicht.« Ich drehe den Wasserhahn auf. »Ich habe heute bis zur letzten Stunde Unterricht. Du auch?«

»Nein, ich muss nur heute Morgen antreten. Und dann fahre ich zu meinen Eltern, wo ein Hackbraten auf mich wartet.« Sie gibt mir einen Klaps auf den Po. »Mach schnell, sonst bleibt keine Zeit mehr für den Tee.«

»Bis morgen, Frau Zill!« Emma wirft ihren Rucksack über die Schulter und winkt mir kurz zu.

»Auf Wiedersehen, Emma!« Ich blicke mich um. Unzählige Schüler laufen aufgeregt plappernd vorbei, berichten sich von ihrem ersten Schultag, necken sich und regen sich über die ersten Hausaufgaben auf. Sie tragen ihre Hoffnungen, Vorsätze und vielleicht auch Ängste bei sich und ich darf sie auf ihrem Weg begleiten. Ich lächle, als ich an das bunte Durcheinander junger Menschen denke, die ich heute kennengelernt habe.

»Hallo, Frau Zill!«

Ich drehe mich um. »Hallo Peter, wie geht es dir?«

Jemand schubst ihn, er zuckt mit den Schultern und sagt: »Geht so. Unsere Klasse wird Sie vermissen.«

Ich nicke. »Ja, es ist schade, dass ich euch in diesem Jahr nicht mehr unterrichte. Aber ihr werdet bestimmt auch ohne mich viel Spaß haben.«

»Das glauben auch nur Sie, wir haben den Weigel. Der legt so viel Leidenschaft für Literatur an den Tag wie eine vertrocknete Kartoffel.«

»Ach was, so schlimm ist Herr Weigel gar nicht«, sage ich und bemitleide Peter und seine Mitschüler insgeheim.

Wieder zuckt er mit den Schultern. »Bei Ihnen lernt man halt was fürs Leben. Das hat mir echt gut gefallen.«

»Danke – ich wünsche dir ein erfolgreiches Schuljahr«, murmle ich und schenke ihn ein aufmunterndes Lächeln.

Als ich aus der Tür zum Hof treten will, erstarre ich.

Die Herbstsonne beleuchtet den Innenhof wie eine Bühne und dort, ganz am Rande, steht er. Auch wenn ich ihn nur von hinten sehe, bin ich mir sicher, dass er es auch schon in der Stadt gewesen ist. Ein Schauer jagt über meine Haut. Er hat sich kaum verändert. Ich bleibe inmitten der lauten, sich fortbewegenden Masse von Jugendlichen stehen, während der Blick auf Lars immer wieder frei wird, so als sei er eine Illusion, eine Aneinanderreihung von Erinnerungsfetzen. Er hat dem Gewühl hinter sich den Rücken zugekehrt und betrachtet seelenruhig eine Hecke, die Heckenschere in der Hand. Ich hole tief Luft und schiebe mich zwischen eine lachende Clique. Mit jedem Schritt werden meine Beine weicher. Ich bete darum, das Tor zu erreichen, ohne das er mich entdeckt. Ich kann das nicht. Noch nicht. Ich behalte ihn die ganze Zeit im Auge, wie eine Spinne. Denn noch schlimmer als sie zu sehen ist, sie nicht mehr zu sehen und nicht zu wissen, wo sie ist und wann sie einem entgegen springt.

Endlich erreiche ich das Tor, schlüpfe zwischen den Jugendlichen hindurch und trete einen Schritt zur Seite. Geschafft. Ich atme die Luft aus, die ich unbewusst angehalten habe. Auf Zehenspitzen schaue ich noch einmal über die Hecke. Er ist nun dabei, diese zu schneiden.

Ich verdränge alle Gedanken, die mit Lars zu tun haben, straffe meine Schultern und laufe erhobenen Hauptes los.

Kapitel 7

Ich bin froh, dass David den Nachmittag für uns verplant hat. Genau das brauche ich jetzt. Ablenkung.

Wir treffen uns in seiner neuen Praxis, die sich direkt am Altmarkt befindet. Perfekt zu erreichen, genügend Parkmöglichkeiten und einen tollen Ausblick über den Platz hatte man von den Fenstern aus auch.

»Hey, da bist du ja.« David begrüßt mich voller Vorfreude und wirbelt mich durch die Luft.

»Wow, du hast ja gute Laune!«, bemerke ich. Er mustert mich kurz, küsst mich und zieht mich auch schon in den ersten Raum. »Hier kommt die Anmeldung hin und hier ist auch gleich der Wartebereich.« Er beschreibt alles bis ins kleinste Detail. Eigentlich weiß ich ja schon von den Plänen, wie alles aussehen soll, aber es sich hier in den Räumen vorzustellen ist wirklich nochmal etwas anderes. Ich freue mich unheimlich für David, denn die alte Praxis teilte er sich mit einem Kollegen, der nun in Rente geht, und der Vermieter wollte den Vertrag nicht verlängern. Genau in dem Moment wurden ihm diese Räume zum Kauf angeboten.

Wir gehen in den nächsten Raum. »Lass mich raten, hier kommt der Stuhl hin, dort drüben die Schränke und da …« David knufft mich in die Seite und wir lachen beide. Es ist so schön, ihn so glücklich zu sehen.

»Ja okay, ich weiß, dass du die Pläne kennst. Als Mitinvestorin wollte ich dir alles bei einer persönlichen Führung zeigen.« Ich nehme seine Hand und ziehe ihn an mich. Wir schauen uns tief in die Augen und küssen uns. »Das hier wird ganz großartig werden, weil du großartig bist und es dir von Herzen wünschst, etwas Eigenes zu haben.«

»Meine Loni findet immer die richtigen Worte im richtigen Moment.« Er legt seine Hände um mein Gesicht und küsst mich erneut. »So, nun aber gut mit der Knutscherei, schließlich haben wir noch einiges vor.« Meine Stirn legt sich in Falten. »Ach ja? Was haben wir denn noch alles vor?« Er grinst schelmisch. »Tja, da wirst du dich wohl überraschen lassen müssen.« Er nimmt meine Hand und führt mich aus der Praxis.

Nach einer Stärkung bei unserem Lieblingsitaliener flanieren wir in Richtung Schloss Wildeck. Selbst jetzt im Herbst ist der Ausblick einfach wunderschön. Die Fachwerkhäuser haben es mir besonders angetan. Sie erzeugen bei mir immer eine wohlige Stimmung. »Warum sollten wir uns diesen Ausblick nicht öfter gönnen?« Wir lehnen uns über die Brüstung und schauen von der Brücke aus über die Innenstadt. »So bleibt es wenigstens etwas Besonderes«, meint David und legt seinen Arm um mich. Mir fröstelt leicht, da die Sonne schon am Untergehen ist. Sofort legt David seine Jacke über meine Schulter und hüllt mich darin ein. Ich atme tief ein. Sie duftet nach seinem Parfüm.

Mit ihm an meiner Seite fühle ich mich immer geborgen. Hand in Hand laufen wir wieder zurück zum Altmarkt, wo sein Auto parkt. Da unser Haus nur eine viertel Stunde vom Gymnasium entfernt ist, gehe ich gern auch mal zu Fuß zur Arbeit. Unsere Stadt ist nicht sehr groß, so dass man theoretisch alles zu Fuß erreichen kann. Ich habe mir nie vorstellen können, woanders zu leben. Als ich für das Studium nach Dresden musste, habe ich mich immer fremd gefühlt.

Zuhause krame ich unsere Chipsreste aus dem Schrank, während David uns zwei Gläser Wein holt. In Sachen Filme sind wir uns nicht immer einig, aber zum Glück beide kompromissbereit. Heute lasse ich mich zu einem Actionfilm breitschlagen. Wir machen es uns auf der Couch gemütlich und ich lege meinen Kopf auf Davids Brust. Ich bin dankbar für solche Nachmittage, die wir viel zu selten haben. Wir sind viel zu oft so von unserer Arbeit eingenommen. Wie oft ich nach der Schule noch Stunden zu Hause sitze und Klausuren kontrolliere. Natürlich macht es mir auch Spaß, aber besonders vor den Ferien gibt es immer so viel zutun, dass ich danach meistens wirklich reif für die Insel bin. Manchmal bleibe ich auch nach dem Unterricht einfach länger in der Schule und korrigiere dort.

»Wo wollen wir eigentlich heiraten?«, fragt David mitten im Film. Ich schlucke trocken und setze mich auf. Es ist mir total unangenehm, dass ich gar nicht mehr an unsere Hochzeit gedacht habe. Lars' Erscheinen hat mich so durcheinandergebracht, dann die neue Klasse und überhaupt stehe ich ein wenig neben mir. »Ich weiß nicht, hast du denn eine Idee?« Klang das zu beiläufig? Ich hoffe nicht, dass David jetzt denkt, ich hätte kein Interesse an der Planung. Nur jetzt gerade hätte ich nicht damit gerechnet, dass er darüber sprechen möchte.

»Wäre es nicht etwas ganz Besonderes, wenn wir im Schloss heiraten könnten?« Ich versuche mir vorzustellen, wie es wäre und komme zu dem Entschluss, dass ich mir das gar nicht vorstellen kann. Irgendwie wäre mir das zu groß.

»Ich weiß nicht so recht, wäre das nicht etwas übertrieben?« Und schon wieder klinge ich, als würde ich es gar nicht wollen. Am liebsten würde ich meine flache Hand gegen die Stirn schlagen. »Also versteh mich nicht falsch, ich möchte auch, dass es etwas Besonderes wird, aber wie viele Gäste möchtest du denn einladen?« Als keine Antwort kommt, schaue ich zu David rüber, doch der ist schon wieder in das Geschehen im Fernseher vertieft, was mir gerade recht kommt. »Hast du was gesagt, Schatz?« Ich schmunzle. »Nein, alles gut.« Und kuschle mich wieder in Davids Arme.

Als der Film zu Ende ist, trägt er mich ins Schlafzimmer und bedeckt meinen Hals mit Küssen. Ich lasse mich fallen und gebe mich ihm völlig hin. Ich genieße seine warmen Hände, die meinen Körper immer wieder neu zu erforschen scheinen. Ich liebe diesen Mann, denke ich mir und nehme mir vor, mich nun mehr mit unserer Hochzeit zu beschäftigen und mir zu überlegen, was ich gerne möchte.

Nachdem wir uns geliebt haben, liege ich in Davids Armen und könnte nicht glücklicher sein. Es dauert nicht lange und ich merke, wie ich einschlafe und davon träume, wie David vorn am Altar auf mich wartet. Der Saal ist wunderschön geschmückt und all unsere Freunde und Familie sind da und schauen gespannt auf mich, als ich nach vorn laufe. Alle sind da, bis auf eine Person. Meine Mutter. Ein kleiner Stich in meinem Herzen lässt mich kurz nachdenken, ob ich dieses Glück überhaupt verdient habe.

Kapitel 8

»Hier versteckst du dich also!« Kates langer, türkisfarbener Mantel sticht von den in herbstlichen Farben gekleideten Bäumen um uns herum ab.

»Dein Lidschatten hat genau dieselbe Farbe wie dein Mantel«, stelle ich fest, als sie mich an sich drückt.

»Man tut, was man kann.« Sie lässt sich auf die Bank fallen und klopft auf den Platz neben sich. »Wir treffen uns bestimmt nicht an meinem freien Morgen, um über Make-up zu sprechen, oder?«

Ich setze mich neben sie und ziehe so lange an den Ärmeln meiner schwarzen Jacke, bis meine Hände darin verschwinden. Der Himmel hat eine graue Decke über den Park gelegt, so als wollte er meine und Lars' Geschichte unter sich begraben. Unsere erste Begegnung hier auf dieser Bank und die vielen heimlichen Treffen, die darauf folgten, sind Erinnerungen, die ich verdrängt und vergessen hatte. Und nun bewegen sie sich unaufhörlich wie eine Lavalampe, die ich nicht mehr ausschalten kann, seitdem ich ihn nun ständig in der Schule sehe.

Um ihm ja nicht über den Weg zu laufen, hetze ich nun tagtäglich von Klassenzimmer zu Klassenzimmer und habe Loreen, Marlies und Robert dazu überredet, mittags nicht mehr in der Kantine zu essen, sondern in einem Restaurant einige Straßen weiter, für das es zeitlich kaum reicht, so dass wir quasi noch kauend zum Unterricht eilen müssen.

Kate legt ihren Kopf an meine Schulter und reißt mich aus meinen Gedanken. »Was ist los, Loni?« Da ich nicht antworte, setzt sie sich gerade hin und wirft einen Blick auf ihre Uhr. »Wenn ich dich richtig verstanden habe, musst du in exakt dreiunddreißig Minuten zu deiner Klasse. Also mach es nicht so spannend. Warum bin ich hier?«

Ich fasse mir an die Stirn und streiche meine Locken zurück. »Lars ist hier.«

Kate sieht mich ungläubig an. »Was? Wo?« Sie blickt sich suchend um.

»Nicht hier im Park. Er ist der neue Schulgärtner.«

Kate macht den Mund auf, um etwas zu sagen, aber ich komme ihr zuvor. Lawinenartig brechen die Worte aus mir heraus. Alles, was mir in den letzten Tagen durch den Kopf gegangen und mich nicht mehr losgelassen hat, liegt nun ausgebreitet vor ihr. Ich kann nicht länger so tun, als wäre das, was ich getan habe, nie passiert. Kann nicht länger davon laufen. David verdient die Wahrheit und Lars auch.

Kate schnauft und streckt die Hand aus, um meinen Redeschwall aufzuhalten. »Moment mal. Lass mich das zusammenfassen: Du willst ernsthaft zulassen, dass deine Entscheidung, die du als Jugendliche getroffen hast, nun deine Zukunft zerstört und das nur, weil Lars wieder da ist?«

Ich nicke. »David verdient die Wahrheit. Die Wahrheit darüber, warum wir vielleicht nie ein Kind haben werden. Und Lars, es hat mich eingeholt. Alles ist wieder da und ich erinnere mich, als wäre es erst gestern gewesen. Ich fühle, was ich damals gefühlt habe. Ich bekomme weiche Knie, wenn ich an ihn denke und auch er hat die Wahrheit verdient. Irgendwann werden wir uns begegnen und ich kann nicht den Rest meines Lebens vor ihm weglaufen. Ich meine wir wohnen nicht gerade in einem großen Ort. Dass er in der Schule arbeitet macht es nicht gerade besser. Dieses Versteckspiel macht mich fertig. Es wird mich auffressen.«

»Na, das erklärt so einiges.«

»Wie meinst du das?«

Sie lächelt mich traurig an. »Warum wir noch nicht in einem Brautmodengeschäft waren und nicht einmal über deine bevorstehende Hochzeit gesprochen haben. Du weichst all dem aus, seitdem die Schule wieder angefangen hat.«

Sie streichelt meine Wange. »Warum hast du denn nicht schon eher etwas gesagt?«

»Weil ich dachte, es wäre nicht der Rede wert. Jetzt aber schon.«

»Ach Loni, ich hab das alles zwischen dir und Lars miterlebt. Du hast mir alles erzählt und dafür war ich dankbar, denn das macht eine Freundschaft aus. Aber willst du allen Ernstes alte Geister wieder heraufbeschwören? Ich meine, das mit euch war vorbei, als er in den Knast gegangen ist. Du hast eine Entscheidung getroffen und das war mit Sicherheit das Beste, was du in deiner Situation hättest tun können.«

Eine bedrückende Stille setzt ein. Unsere Blicke weichen einander aus, als wüssten sie, dass sie nie einen gemeinsamen Nenner finden werden, wenn es um Lars geht.

Kate bricht das Schweigen. »Du weißt, wie sehr ich David mag. Und du weißt auch, was ich von Lars halte. Ich habe Angst um dich, Loni, aber was auch immer du tust, du hast meine Unterstützung. Als deine beste Freundin muss ich dir aber auch sagen, dass ich es nicht gut finde, wenn du jetzt alles aufklären willst. Ich meine er weiß von nichts, warum ihn jetzt quälen?«

Tränen steigen in meine Augen. »Ich weiß einfach, dass ich ihm nicht in die Augen schauen könnte, ohne ein schlechtes Gewissen zu bekommen«, krächze ich. »Es war okay, als er weg war, aber jetzt …«

»Und was willst du jetzt tun?«

»Ihm von seinem Kind erzählen. Er hat ein Recht darauf, es zu erfahren.« Ich weiß nicht warum, doch ich habe das Gefühl, ihm das schuldig zu sein. Und ich muss herausfinden, ob diese Gefühle, die da in mir brodeln, mehr zu bedeuten haben.

»Und David?« Kates Blick bohrt sich in meine Haut.

»Darüber habe ich mir noch keine Gedanken gemacht. Ich wollte …« Ich stiere vor mich hin. »Ich wollte zuerst mit Lars reden.«

Kates Gesicht verzieht sich, als sie ein lang gezogenes »Okay« von sich gibt. »Aber versprich mir, dass du mit mir redest und nicht wieder alles mit dir selbst ausmachst.«

»Versprochen.«

Kate seufzt, steht auf und streckt ihre Hand nach mir aus. »Du musst zurück. Und ich will deine Mutter noch besuchen.«

Ich halte mitten in der Bewegung inne und setze mich langsam wieder hin. »Warum tust du das? Du hast meine Mutter nie richtig kennengelernt, aber manchmal denke ich, du hängst mehr an ihr als ich.«

Kate wirft ihr blondes Haar über die Schultern. »Weil ich sie bewundere. Sie macht weiter. Sie lächelt aus Gründen, die wir nicht verstehen. Aber ich glaube, dass sie auf ihre eigene Weise glücklich ist.« Sie zieht mich hoch. »Und du wirst auch wieder glücklich sein, ganz die alte Loni mit ihrem positiven Denken und Optimismus.«

Ich stehe auf und umarme sie. »Danke, das habe ich gebraucht«, hauche ich und frage mich, warum ich meine Mutter nie lächeln sehe.

Unsere Schritte rascheln in den Blättern auf dem Boden des Weges. Während wir den Park verlassen, versuche ich das siebzehnjährige

Mädchen, das ich einst war, an die Hand zu nehmen und es zu Lars zu führen. Das ungute Gefühl, das ich dabei habe, lasse ich auf der Bank zurück.

Ich hüstele, rolle ein paarmal mit den Schultern und versuche, mich auf die Aufsätze zu konzentrieren, die ich bis morgen korrigiert haben will.

Als jemand die Tür des Lehrerzimmers öffnet, zucke ich zusammen.

»Schlechtes Gewissen, was?« Lars grinst mich an und stellt eine große Kiste ab. Er streicht sich über die Bartstoppeln am Kinn und sieht mich etwas zu lange und herausfordernd an.

So lange habe ich es geschafft ihm aus dem Weg zu gehen, habe gegrübelt, wie das erste Aufeinandertreffen sein wird und was ich wohl fühlen werde. Doch nun trifft es mich völlig unvorbereitet. Ich spüre, wie ich erröte, und mein Blick weicht auf seine Lippen aus.

Er hat recht. Ich habe Schuldgefühle und ich habe allen Grund dazu. Vielleicht soll es so sein und jetzt ist der richtige Zeitpunkt, mit Lars zu sprechen. Wir sind allein, meine Kollegen sind schon lange gegangen. Ist das der richtige Ort, meiner Jugendliebe von unserem gemeinsamen Sohn zu erzählen? Ihm zu sagen, dass ich den Kleinen weggegeben habe?

Ein unangenehmes Ziehen setzt in meinen Schultern ein.

»Hypnotisierst du dich gerade selbst?«

Ich blinzle und versuche, mir den Schmerz, der mir im Nacken sitzt, nicht anmerken zu lassen. Lars schaut hinter mich an die Wand und runzelt die Stirn.

»Ich kann mir nicht helfen, aber die Standuhr hier drin erinnert mich immer an einen total freakigen alten Mann mit Monokel, Schnäuzer und Hut.« Er lacht heiser und kratzt sich am Hinterkopf. »Was machst du überhaupt noch hier? Es ist bald fünf.«

Mein Mund öffnet sich, doch ich bekomme keinen Ton raus. Ich fühle mich gefangen in einem Sog aus Gefühlen.

»Hättest du dir unser Wiedersehen so vorgestellt?«, fragt er schließlich. Und ich schüttle nur schweigend den Kopf.

»Hey, weißt du was, ich hol uns mal einen Kaffee! Bin gleich zurück.« Er macht kehrt und knallt die Tür erneut.

Wut steigt in mir auf. Wut darüber, dass es für ihn so selbstverständlich ist, dass wir einen Kaffee zusammen trinken und uns unterhalten wie alte Freunde, die sich nach Jahren zufällig wieder über den Weg gelaufen sind. Ich bin nicht mehr das kleine naive Mädchen von damals. Ich bin eine selbstbewusste Frau, die selbst entscheidet, wann sie wem was erzählt und das hier ist nicht der richtige Moment dafür.

Entschlossen packe ich die Aufsätze zusammen, räume sie in meine Tasche und laufe los.

Als ich die Tür aufreiße, pralle ich gegen eine Männerbrust. Kaffee schwappt auf mein Oberteil und brennt sich in meine Haut ein wie die Schuldgefühle, die ich eigentlich gar nicht haben müsste.

»Bist du auf der Flucht? Oder kannst du es kaum erwarten, in meinen Armen zu landen?« Sein Lachen verstummt abrupt und unsere Blicke verschmelzen ineinander, als ob wir alles voneinander aufnehmen würden.

»Ich … habe was vergessen«, stammle ich. Und das hatte ich auch, bis Lars wieder aufgetaucht ist. Vergessen war das Beste, was mir passieren konnte und auf einmal ist jedes hässliche Detail aus meiner Jugend wieder da.

Ich kneife die Augen zusammen und versuche die Kaffeeflecken, die sich mittlerweile sicher schon tief in die Fasern meines Hemds gefressen haben, abzutupfen.

»Also kein Kaffee?« Eindringlich schaut er mich mit den Bechern in der Hand an.

»Doch. Ich meine, nein. Ich kann nicht.« Ich weiche seinem Blick aus, denn ich weiß nicht, ob ich seinen Augen widerstehen kann.

»Schade eigentlich, denn wir hätten uns bestimmt viel zu erzählen«, flüstert Lars und mein Herz zieht sich zusammen.

»Ich hatte dich charmanter in Erinnerung. Nichts für ungut.« Lars verdreht die Augen und schiebt sich an mir vorbei. Er stellt die Kaffeebecher auf einem der Tische im Lehrerzimmer ab und dreht sich zu mir um.

»Ich weiß, dass du mich gesehen hast. Und ich weiß auch, dass du mir ausweichst. Das was damals passiert ist, war scheiße. Ich wollte dich nicht im Stich lassen. Ist alles ziemlich dumm gelaufen. Aber ich habe für meine Fehler eingestanden und nun wünsche ich mir nichts mehr, als dass du mir vergibst.«

Tränen sammeln sich in meinen Augen und ich kämpfe, sie nicht frei zu lassen. Nicht er hat sich zu entschuldigen, sondern ich. Er wird mich hassen, wenn ich ihm die Wahrheit gesagt habe. Genauso wie mich David hassen wird.

Als mein Handy klingelt, starre ich Lars immer noch an, der mich mit einer Handbewegung dazu auffordert, ranzugehen. Zögerlich werfe ich einen Blick aufs Display. David. Ich stopfe das Telefon zurück in die Jackentasche und renne zur Tür hinaus, ohne Lars noch einmal anzusehen.

Ich haste die Treppen hinunter, nach draußen in den Schulhof, den ich in den Pausen zu oft verbotenerweise mit Lars verlassen habe. Ich kann es nicht mehr verdrängen. Dabei war doch alles gut. Es ging mir gut. Ich war glücklich und habe mir ein schönes Leben aufgebaut. Warum musste er auch zurückkommen und ausgerechnet an unsere alte Schule, in der ich arbeite? Es ist, als wollte mich mein Schicksal herausfordern. Und nun muss ich wieder eine Entscheidung treffen. Erzähle ich allen von meiner Vergangenheit und kann ich endlich Frieden schließen, mir selbst vergeben? Oder versuche ich noch einmal, alles zu vergessen und tief in mir zu vergraben, um das alles, was ich jetzt habe, nicht zu verlieren?

Mein Handy klingelt erneut und ich presse es an mein Ohr.

»David?«, keuche ich.

»Genau der bin ich. Alles gut? Du klingst gehetzt.«

»Ich bin in einer Viertelstunde zu Hause, lässt du uns ein Bad ein?«

»Geht klar. Lavendel, nehme ich an? Bis gleich!«

»David?« Ich bleibe stehen und schließe die Augen. »Ich liebe dich.«

Als ich in die Küche eintrete, unterbricht David seinen Gesang, dreht sich vom Herd weg, auf dem unser Abendessen fröhlich vor sich hin blubbert, und strahlt mich an, als gäbe es auf dieser Welt nur mich.

»Der Weisheitszahn hat sich schneller gelockert als erwartet, deshalb konnte ich früher Schluss machen.« Er küsst mich und stellt die Musik leiser. »Was gibt es Neues in der Schule?«

»Ach, nichts weiter. Derselbe Wahnsinn wie immer.« Ich senke den Blick und beiße auf meine Unterlippe, bis sie schmerzt. Was soll ich machen, David? Lars ist aufgetaucht und ich kann damit nicht umgehen. Und weißt du was? Ich habe ein Kind. Mit Lars. Bitte nimm mich in den Arm und sag mir, dass das nicht schlimm ist und alles gut wird.

»Keine Neuigkeiten sind gute Neuigkeiten.« Zufrieden schlurft er zur Tür und nickt mir liebevoll zu. »Das Bad ist bereit.«

Ich deute fragend auf den Herd. »Was ist mit dem Essen? Nicht, dass wir das Haus in Flammen setzen.«

»Köcheln lautet das Zauberwort, der Herd braucht uns gerade nicht. Du siehst, ich habe alles unter Kontrolle.« Er sieht mich so treuherzig an, dass ich ihn regelrecht an mich reiße und ihn so wild küsse, dass er nicht mitbekommen kann, dass Tränen in meine Augen gestiegen sind. Ich streiche mit beiden Händen über seine Wangen, während wir uns noch inniger küssen. Das Gefühl, meine Angst hinausschreien zu müssen, lässt nach. Ich halte abrupt inne und gebe ihm einen letzten sanften Kuss auf die Lippen, bevor ich mich von ihm löse.

»Was war das denn?«, fragt David amüsiert. Seine Hand schiebt sich unter meine Locken und streichelt meinen Nacken. »Du wirkst angespannt.« Seine Hände fahren sanft über meinen Körper und bleiben an meiner Taille liegen. Er haucht einen Kuss auf meine Lippen und sieht mir tief in die Augen. »Weißt du, an was ich schon den ganzen Tag denken muss?« Seine Stimme wird weich. »An ein Baby mit dir.«

Kapitel 9

Der Regen wird stärker. Mit jedem Tropfen, der sich von der Dachrinne herabstürzt, wird seine Farbe dunkler, bis nicht mehr zu übersehen ist, dass es Blut ist, das ans Fenster schlägt. Ich stehe in der Küche und mache frischen Orangensaft. Es herrscht Totenstille, obwohl die Saftpresse lautstark ihre Aufgabe verrichtet. Die Tür fliegt auf und eine knochige Frau kommt herein, ihr Gesicht ist verschwommen, ich kenne sie nicht. Sie lacht laut, während eine riesige Wunde in ihrem Bauch ihr hellblaues Kleid mit Blut tränkt. Ich drehe den Kopf weg und sehe, dass auch in meinem Saftbehälter Blut ist. Ich will die Orangen entsorgen, doch es ist kein Obst, das ich da presse, es sind Babyköpfe. Ein Schrei entfährt mir, als die Frau, die auf einmal neben mir steht und Lars' Gesichtszüge trägt, mich am Hals packt. Tote Augen. Ein Grinsen. Babyschreie.

»Loni! Wach auf, du hast einen Albtraum! Loni!«

Jemand streicht mir über den verschwitzten Kopf und ich öffne langsam die Augen.

»Wo ist er? Er soll nicht schreien. Und die Wunde! Ich muss etwas tun!« Ich halte mir die Ohren zu, höre immer noch ein Baby schreien. Wo ist dein Kind?, wispert jemand pausenlos. »Wer spricht da?«, keuche ich. »Wer bist du und woher weißt du es?« Im selben Moment bin ich richtig wach und blicke in Davids verschlafene Augen. Mein Herz rast und ich drehe mich beschämt von ihm weg. Er streichelt meinen Rücken.

»Alles ist gut. Du hast nur schlecht geträumt.«

Ich schiebe ihn von mir weg und setze mich auf. Ich werfe meine Locken über die Schultern und presse meine Hand auf den Mund, als ob das etwas an dem aufkommenden Brechreiz ändern könnte.

»Soll ich dir einen Tee machen?« David setzt sich nun ebenfalls hin und beäugt mich besorgt. Ich schließe die Augen. Bitte nicht wieder diese Würgeanfälle, denke ich, springe auf und haste zum Badezimmer.

Das Zimmer meiner Mutter ist durch und durch beige. Da hilft auch der bunte Blumenstrauß, den Thomas gerade wortlos auf dem kleinen Tisch neben ihrem klobigen, aber gemütlich aussehenden Sessel abgestellt hat, wenig. Ich weiß nicht, ob sie heute noch oft dort sitzt, erinnere mich aber daran, dass ich mich als Kind neben sie gequetscht habe, weil der Sessel breit und ich dünn genug dafür war. Heute bin ich zu selten hier, um wirklich mitzubekommen, wie sie lebt. Wenn ich hier war, lag sie im Bett, wie ich jedes Mal erleichtert feststellte. Es ist so viel einfacher wegzuschauen, wenn sie im Bett liegt. Ich habe mich wie immer auf dem Fensterbrett niedergelassen und starre hinaus auf einen nichtssagenden Punkt im gepflegten Hof. Mein Traum kommt mir in den Sinn. Ich kaue auf meiner Lippe herum. Was ist mit dieser Stimme? Sie war so real, als hätte mir jemand ins Ohr geflüstert. Mir wird mulmig, als ich daran denke. Bin ich krank? Habe ich Halluzinationen? Sollte ich zum Arzt?

Mein Blick wandert zu Kate, die mich traurig anlächelt, und meinem Vater, der die kraftlose Hand meiner Mutter hält, während er ihr von seinen Plänen erzählt, seinen Nachfolger selbst auszubilden und sich dann nach und nach aus der Konditorei zurückzuziehen, mit der er sich vor ungefähr fünfzehn Jahren nach ausgiebigen Grübeleien selbstständig gemacht hat.

Ich kneife die Augen zusammen und sehe mein viel jüngeres Ich vor meinem Vater stehen, mit der Broschüre in der Hand und der Bitte, mich zum Beratungsgespräch zu lassen. Um mein Kind wegzugeben. Damit er die Konditorei bekommt. Damit ich mir nicht mehr so verloren vorkomme. Damit ich nicht mehr darüber nachdenken muss, was ich diesem Kind über seinen Vater, auf den eine Freiheitsstrafe wartet, erzähle.

Ich mustere das Bett mit den dicken weißen Kissen, in denen meine Mutter seit Jahren versinkt, höre nun Kate leise zu ihr sprechen. Ich kann das nicht. Ich kann nicht mit einer leeren Hülle sprechen, schon gar nicht, wenn ich schuld an diesen Zustand bin. Mein klingelndes Handy rettet mich.

»Bin gleich wieder da!«, rufe ich, obwohl es niemanden kümmert, und eile hinaus, nach links, nach rechts, irgendwohin.

Im Flur lasse ich mich auf eine Bank sinken, die ich mir mit den kratzigen Blättern einer aufdringlichen Pflanze teilen muss. Ich werfe einen Blick auf das Display und nehme den Anruf mit einem Lächeln an.

»Pia! Von dir habe ich ja lange nichts mehr gehört! Wie geht es dir?«

»Hallo Loni! Bei mir ist alles in Ordnung und bei dir?«

Ich reibe mit Daumen und Zeigefinger über meine Mundwinkel. Soll ich ihr erzählen, dass Lars wieder da ist und damit mein komplettes Leben über den Haufen geworfen hat? Dass ich nicht mehr schlafen kann und Schuldgefühle habe? Das ich losziehen und mein Kind finden, aber David auf keinen Fall verlieren will?

Pia war die Einzige, die mir während meiner Schwangerschaft im Internat beigestanden hat. Die mich nicht verurteilt hat, mich, dieses junge Mädchen, das seine Heimat Hals über Kopf verlassen hat und auf einmal in ihrer Klasse und in ihrem Schlafraum aufgetaucht ist. Schwanger. In sich gekehrt.

Wir sprechen gleichzeitig. Ich sage: »Ich brauche deine Meinung, es ist etwas passiert.« Sie: »Ich bekomme ein Kind.«

»Was?«, rufe ich etwas zu laut und werfe der Dame an der Rezeption etwas weiter weg einen entschuldigenden Blick zu. »Wiederhol das!«

»Ich bin schon im sechsten Monat«, ergänzt sie kleinlaut.

»Wow, schon so weit.« Ich schlucke schwer. »Junge oder Mädchen?«

»Mädchen.«

»Gratuliere. Ich freue mich für dich.« Ich zwirbele meine Kette mit den orangefarbenen Blümchen. »Wirklich«, füge ich hinzu, als müsste ich uns von der Aufrichtigkeit meiner Empfindung überzeugen, weil uns beiden klar ist, dass ich gerade an meinen Sohn denke, von dem ich nur noch weiß, dass er eine winzige Hand hatte und dunkles Haar. Die Babyköpfe aus meinem Traum wollen sich mir aufdrängen, aber Pias Seufzer reißt meine Gedanken in eine andere Richtung. Bestimmt streichelt sie gerade ihren Bauch, zupft sich eine Strähne ihres kurzen braunen Haares zurecht und rutscht auf ihrem Stuhl hin und her, weil sie dieses Gespräch schnellstmöglich beenden will.

»Ich hätte es dir früher sagen sollen. Aber ich wusste nicht, wie es für dich ist.«

Ich stehe auf. »Es ist okay«, versichere ich. »Ich habe auch gute Neuigkeiten. David und ich werden heiraten!«

Ihr Begeisterungsschwall läuft an mir vorbei wie eine anonyme Menschenmasse in einer Großstadt, in die ich nicht gehöre. Ihre Worte verschwimmen und ich denke an gestern Abend, daran, wie ich David belogen habe, um nicht mit ihm zu schlafen. Schon der bloße Gedanke an eine Schwangerschaft bereitet mir Magenschmerzen und weckt in mir den Drang, meine Sachen zu packen und zu verschwinden. Aber wohin? Etwa zu Lars, der mir mit seinen hämischen Kommentaren und seinem warmen Blick Rätsel aufgibt? Mittlerweile bereue ich die Entscheidung, aus gesundheitlichen Gründen die Pille vor einigen Monaten abgesetzt zu haben.

»Loni, bist du noch dran?«

»Was? Ja, natürlich, entschuldige. Ich bin bei meiner Mutter im Heim und war kurz abgelenkt.«

»Oh, ich wusste nicht, dass du nicht zuhause bist. Sollen wir ein andermal telefonieren?«

»Nein, schon gut, ich kann auch hier reden.«

»Vielleicht komme ich dich bald besuchen. Ich arbeite noch bis zum … Moment, ich schaue im Kalender nach.«

Ich lege die Fingerspitzen an meine Lippen. »Pia, warte. Ich glaube doch, es ist besser, wenn wir unser Gespräch auf später verschieben. Ich melde mich.« Hastig verabschiede ich mich von ihr. Ich kann keine schwangere Frau zu Besuch haben. Die Geschichten der Frauen in meinem Umfeld schweben verworren um mich herum, sind mir viel zu nahe. Die schwangere Pia, meine wehrlose Mutter, Kates Fehlgeburten. Mein Kind.

»Hier bist du!« Thomas steht vor mir und stemmt seine Hände in die Hüften. »Ich habe dich schon überall gesucht. Wir wollen gleich aufbrechen und ich dachte, du verabschiedest dich noch von Mama.«

Mama. Aus dem Mund eines Mittdreißigers. Eines durchtrainierten, charakterstarken Polizisten. Der seine Mutter nur zwei Jahre gehabt hat. Wegen dir. Ich horche auf. Da ist sie wieder, diese Stimme.

»Kommst du?«

Wo ist dein Kind? Wo ist dein Kind? Wo ist dein Kind?

Ich taumle, Thomas hastet in einem Satz zu mir und hält mich fest. Ich lege die Hände an die Schläfen.

»Was ist los? Ist dir schlecht?«

»Nein. Ich … mir ist nur etwas schwindelig.«

Mein Bruder mustert mich kritisch und lässt mich vorsichtig los, so als würde er meiner Aussage nicht trauen. »Du hast vorhin die ganze Zeit nur rumgesessen und aus dem Fenster gestiert.«

»Du weißt genau, dass ich mich hier nicht wohl fühle.« Tränen steigen in meine Augen, weil ich mich in die Ecke gedrängt fühle.

»Komm her.« Thomas zieht mich zu sich. »Wir fahren dich jetzt nach Hause und du ruhst dich aus«, murmelt er in mein Haar.

Ich schluchze auf. Wie gerne würde ich ihm sagen, was mich quält. Aber er würde mich nicht verstehen und mir dazu raten, mir professionelle Hilfe zu holen.

Ich atme seinen vertrauten Duft ein. Derselbe Weichspülergeruch, der Kate immer umgibt. Und auf einmal weiß ich, was zu tun ist. Ich löse mich von Thomas und werfe einen Blick auf meine Uhr. Kurz nach vier. Das müsste noch reichen. Hier in diesem Flur, inmitten von hilflosen Menschen, kommt mir die Erkenntnis, wie ich mir selbst helfen kann. Und dass ich jetzt damit beginnen muss.

»Tut mir leid, Frau Zill. Wir sind nun mal an das Adoptionsrecht gebunden. Ich verstehe Ihr … Anliegen, aber ich kann wirklich nichts für Sie tun.« Sie wirft einen Blick auf ihren Computer und runzelt die hohe Stirn, die von ihrem strengen Dutt betont wird. »Außerdem schließen wir das Amt in ein paar Minuten.« Sie lächelt mich mitfühlend an. Immerhin.

In meinem Hals steckt ein Kloß Form gewordener Enttäuschung. Habe ich tatsächlich geglaubt, dass man mir auf dem Jugendamt einfach so den Namen und den Aufenthaltsort meines Sohnes aushändigt? Bitte sehr, noch hier unterschreiben und der Fehler ist ausgemerzt, die Schande begraben und vergessen. Viel Spaß mit Ihrem Kind.

Ich atme hörbar ein, als wollte ein Arzt mich abhören, nicke der jungen Frau mit den zu großen Kreolen dankend zu und stammle irgendetwas von ein andermal wiederkommen und mir die Gesetzeslage in Ruhe anhören. Eiligen Schrittes verlasse ich den Raum. Die Angst, den Verstand zu verlieren, jagt mich gnadenlos. Kaum bin ich auf der viel befahrenen Straße angekommen, klingelt mein Handy. Ich presse es an mein Ohr, um gegen den Verkehrslärm und meine Panik anzukommen.

»Hi Loni.« Loreen klingt so fröhlich, als sie mich fragt, ob ich heute Abend mit ihr, Marlies und Robert ins Restaurant gehe, dass ich mich zusammenreißen muss, um nicht einfach aufzulegen. Ich will alleine sein. Niemand soll mich sehen, anlächeln, mit mir sprechen. Schon gar nicht soll mich jemand anfassen. Ich muss das hier mit mir ausmachen. Und mit Lars.

»Nimm es mir nicht übel, aber ich mache mir heute einen gemütlichen Abend mit David. Ich habe einen langen Tag hinter mir. Fünf Stunden Unterricht und Besuch im Pflegeheim.« Außerdem noch ein enttäuschender Versuch beim Jugendamt, füge ich in Gedanken hinzu.

»Kein Problem. Wir holen es nach. Viel Spaß bei euren gemütlichen Abend und tue nichts, was ich nicht auch tun würde!« Ich kann ihr Grinsen regelrecht hören. »Wir wollen ja die Frischverlobten nicht stören.« Sie kichert. »Dann muss ich dir eben morgen in der Pause heimlich von meiner Unterhaltung mit Lars, dem coolen Gärtner, erzählen.«

Ich erstarre. Daran habe ich noch gar nicht gedacht. Lars wird bestimmt nicht verschweigen, dass wir uns von früher kennen. Und was mache ich, wenn er sich in Loreen verliebt? Ich verziehe das Gesicht. Was will ich eigentlich?

Kurz angebunden vertröste ich Loreen auf morgen. Nieselregen setzt ein, als ich bei der Bushaltestelle ankomme, an der Thomas mich vorhin abgesetzt hat, im Glauben, dass ich eine in der Nähe wohnende Freundin besuche. Ich lege die Hand auf die Glaswand neben mir und fasse einen Entschluss.

Kapitel 10

Dieses Mal ist es wieder ein Flüstern, das in meinen Kopf kriecht, als ich vor der 11c stehe und über Immanuel Kant und seine Aussage Habe Mut, dich deines eigenen Verstandes zu bedienen! spreche. Welch Ironie, denke ich, während mein Verstand darum ringt, mich zu beruhigen. Nur Müdigkeit. Nur Einbildung. Es war nur ein Traum.

Wo ist dein Kind? Wo ist dein Kind? Wo ist dein Kind?

Ich unterbreche meinen Vortrag über die Aufklärung und einundzwanzig Augenpaare sehen mich teils überrascht, teils erwartungsvoll an.

»Äh, fasst doch den Rest des Textes in Partnerarbeit zusammen. Dann könnt ihr testen, ob ihr ihn versteht. Wir besprechen eure Ergebnisse beim nächsten Mal.« Etwas widerwillig beugen sich die Schüler über ihre Bücher, begleitet von leisem Gemurmel, das, wie ich befürchte, mich kritisiert, und nicht etwa Kant durchleuchtet.

Ich lasse mich auf den Stuhl sinken, erleichtert, dass das Flüstern verstummt ist und ich die restlichen dreizehn Minuten bis zum Pausenklingeln wohl unbeschadet hinter mich bringen werde.

In der darauffolgenden Unterrichtsstunde sitzt die 7c stumm und mit irritiertem Blick vor mir, als ich den Projektor einschalte. Ich muss an Roberts Witz mit der Pyjamahose denken, aber das Lachen bleibt mir im Halse stecken. Hektisch scanne ich meinen Körper mit Blicken ab. Schwarze Stiefel, schwarze Strumpfhose, graues Strickkleid, hellblauer Schal. Dass ich nichts Außergewöhnliches vorfinde, verunsichert mich nur noch mehr und – so kenne ich mich gar nicht – ich stehe wortlos rum und lasse mich anstarren, bis auf einmal Emma die Hand ausstreckt. Ihr Blick springt zwischen mir und der Leinwand hin und her, auf die ich die Regeln zur Zeitenbildung projiziert habe.

»Frau Zill? Ich dachte, wir schreiben jetzt eine Klassenarbeit?«

Mir wird heiß. Hektisch streiche ich meine Haare zurück, eine absurde Geste, da ich die Locken heute zu einem Knoten im Nacken zusammengebunden habe. Ich habe diese Klassenarbeit komplett vergessen. Ich spüre die Röte in mein Gesicht steigen.

Emma sieht mich immer noch freundlich an, als erwarte sie tatsächlich eine sinnvolle Antwort von mir. Ich mustere die übrigen Schüler, auf der Suche nach einer Erklärung, die sie verstehen können, ohne dass sie mich für eine Versagerin halten. Wie konnte mir das passieren! Ausgerechnet mir, die immer perfekt vorbereitet ist und bisher kaum Schwierigkeiten mit ihren Klassen hatte. Vielleicht mit vereinzelten Schülern, aber dabei handelte es sich dann um schwierige Fälle, die sich der Schule komplett verweigerten und auch auf meine freundlich-humorvolle Weise zu unterrichten, mit Ablehnung reagierten. Weil sie andere Sorgen hatten. So wie ich gerade, denke ich verbittert, während ich feststelle, dass niemand die Augen verdreht. Niemand schüttelt ungläubig den Kopf oder tut seinen Unmut mit einer respektlosen Bemerkung kund. Deine Schüler mögen dich, Loni, spreche ich mir selbst Mut zu.

Ich setze mich auf eine leere Bank. »Hört zu. Ich habe die Klassenarbeit leider vergessen.« Es herrscht immer noch Totenstille. Diese Schüler sind zu höflich, um mir unter die Nase zu reiben, wie inkompetent ich bin. Ich schlucke schwer und spreche weiter. »Ich weiß, ihr habt die Texte für heute vorbereitet und es tut mir wirklich leid.«

Einige nicken. Tom hebt seine Hand und ruft gleichzeitig: »Macht doch nix, arbeiten wir heute halt nicht und dann ist gut!« Er grinst mich an und ich lächle schwach, während seine Mitschüler ihm begeistert zustimmen.

»Doch, wir schauen uns die Zeiten an und schreiben eine Übung dazu.« Ich versuche, mich mit einem flachen Witz zu retten. »Stellt euch vor, ich habe sogar ein Aufgabenblatt mitgebracht und ausnahmsweise mal nicht vergessen, dass es euch gibt!« Gelächter. Nur Emma mustert mich ernst. Ich weiche dem Blick aus. Mir wird mulmig, während ich die Aufgabenblätter verteile, um meinen Lehrervortrag hinauszuzögern. Das Gedankenkarussell lässt mich einfach nicht in Ruhe.

Ich denke an Lars. Soll ich ihm wirklich alles erzählen? Wäre es nicht doch das Beste, weiterhin zu schweigen, so wie Kate es mir geraten hat? Ich meine, was erhoffe ich mir eigentlich davon? Dass es dich nicht mehr verfolgt, flüstert mir die Stimme zu.

Ich blinzle. Es stimmt, solange ich Lars immer wieder sehe, wird es mich nicht mehr loslassen. Und noch viel schlimmer wäre es, wenn Kate, mein Vater oder mein Bruder ihm über den Weg laufen und es ihnen aus Versehen rausrutschen würde. Mein Entschluss von gestern steht. Ich sage Lars bei der nächsten Gelegenheit die Wahrheit und bitte ihn um Verzeihung. Dann habe ich das endlich aus der Welt geschafft und wir können zusammen überlegen, was wir tun.

»So. Hat jeder ein Blatt bekommen? Dann lasst uns anfangen. Tom, jetzt sehe ich es erst. Nimm dein Basecap vom Kopf.«

»Ach, Lonilein, du warst echt schon mal besser drauf.« Loreen setzt sich zu mir auf das Ledersofa in einer Ecke des Lehrerzimmers und gibt mir einen Klaps auf den Oberschenkel. Ich erwäge ernsthaft, den Raum zu verlassen, weil mir das aufgeregte Treiben während der Pause heute zu viel ist. Ich denke an die Zeit zurück, als ich in den Pausen mit meinen Kollegen rumgescherzt habe und dann in bester Laune in meine Klassen geschlendert bin. Entspannt, selbstsicher. Nun kommt es mir vor, als sei das Ewigkeiten her.

»Also, was ist los?« Loreen hebt die ordentlich gezupften Augenbrauen.

»Nichts Spezielles. Ich bin etwas erkältet und deswegen geschlaucht.«

»Ah ja.« Sie glaubt mir nicht.

»Wirklich, Loreen. Du musst mich nicht jedes Mal, wenn wir uns sehen, hundertmal fragen, wie es mir geht.«

»Wie du meinst.« Sie seufzt und winkt Robert und Marlies zu, die gerade durch die Tür treten.

Ich lege die Hand an das kühle Holz der Standuhr neben mir und lasse den Blick über die Lehrer und Lehrerinnen schweifen, die sich angeregt unterhalten, lächelnd, feixend, stirnrunzelnd, in Unterlagen wühlend, sich das Jackett glatt streichend.

Robert setzt sich neben Loreen und summt eine heitere Melodie, Marlies, in schickem Faltenrock mit Spitzenbordüre, bleibt vor mir stehen.

»Heute Mittagessen in der Kantine?« Robert richtet die Frage vor allem an mich, als ob er meine Antwort nicht schon kennen würde. Ich schüttle nur den Kopf. »Dass dir der Trubel in der Kantine zu viel des Guten ist …«

»Lass mich kurz unterbrechen!«, ruft Loreen. »Dass ihr der Trubel auf einmal zu viel ist, nachdem sie jahrelang anscheinend immun dagegen war.«

Ich verdrehe die Augen. Loreen öffnet den Mund, aber Robert bringt sie mit einer beschwichtigenden Geste zum Schweigen.

Marlies errötet. »Es ist schade, dass du nicht mehr mit uns essen gehst. Du musst doch selbst merken, dass dein neues Stammrestaurant etwas ungünstig liegt.«

»Ihr müsst ja nicht mitgehen«, erkläre ich betont freundlich. Ich habe keinen Grund dafür, meine Freunde vor den Kopf zu stoßen, und doch bin ich gerade am liebsten allein mit meinen Gedanken. Schließlich kann ich nicht mit ihnen darüber sprechen, denn sie würden es nicht verstehen. Vielleicht würden sie mich dann hassen und dann müsste ich mir einen neuen Job suchen, weil ich ihre Ablehnung nicht ertragen könnte.

Die Erwähnung von Lars' Namen reißt mich aus dem Fragenwald in meinem Kopf.

»Hörst du mir eigentlich zu? Ich erzähle gerade vom Gärtner.« Loreen stupst mich mit ihrem Ellenbogen an, als müsste sie ein Räderwerk in Gang bringen, damit ich funktioniere.

»Der auch einen Namen hat«, bemerke ich lapidar.

Sie schnauft. »Also gut. Ich habe mit Lars gesprochen.« Von einem Grinsen begleitet, flötet sie: »Er ist dreiunddreißig und noch zu haben. Wir werden nächste Woche ein Bierchen zusammen trinken gehen.« Sie zieht ihr Handy aus der weinroten Jeanshose. »Er hat mir seine Nummer gegeben! Er scheint mir nicht der große Romantiker zu sein. Ich muss ihn erobern, nicht umgekehrt. Aber dieser Heath-Ledger-Zwilling ist es wert.« Sie grinst noch mehr.

Ich springe auf. »So peinlich kenne ich dich gar nicht! Dass Männer für dich nur ein netter Zeitvertreib sind, weiß ich ja. Aber trotzdem hattest du bis jetzt ein gewisses Niveau. Dieses pubertäre Gehabe, das du gerade aufführst, nervt mich. Du bist dreißig. Du solltest deine Hormone im Griff haben.«

Loreen, Marlies und Robert starren mich fassungslos an. »Etwas leiser, einige schauen schon her.« Robert wiederholt seine Worte und wendet sich an Loreen. »Ich bin mir sicher, Loni hat das nicht so gemeint.«

»Doch, habe ich! Du brauchst mich nicht zu behandeln wie ein Kleinkind! Google dich schlau und beeindrucke deine Frau damit, dass du der perfekte Vater bist, aber lass mich in Ruhe!«

»Du spinnst ja total!« Loreen hat ihre Sprache wiedergefunden und steht nun ebenfalls auf.

»Denk, was du willst. Und nur, damit du's weißt: Er hasst den Vergleich mit Heath Ledger!« Ich werfe einen Blick auf die Standuhr. »Ich muss in meine Klasse!«

»Aber du hast doch eine Freistunde«, bemerkt Marlies mit ihrer sanften Stimme, aber ich greife nur nach meiner Tasche und verlasse das Lehrerzimmer mit festen Schritten und einem Anflug von Eifersucht, den ich mir sofort verbiete.

Ich reiße meine Autotür auf, um die Bücher für den Unterricht heute Mittag zusammenzusuchen, als ich ihn aus dem Blickwinkel wahrnehme. Er sitzt breitbeinig auf einer Mauer, hält ein Blatt in der Hand und liest konzentriert. Die Haare fallen ihm ins Gesicht, die hochgekrempelten Ärmel seines schokoladenbraunen Pullovers, der dieselbe Farbe wie seine Augen hat, machen den Blick auf sehnige Unterarme frei. Ich werfe meine Tasche auf den Beifahrersitz und knalle die Tür zu.

»Hallo Lars.« Ich stelle mir vor, ich würde mich einfach zwischen seine gespreizten Beine stellen und die Arme um seinen Nacken schlingen. Ein Gedanke an David blitzt auf, verblasst aber ebenso schnell wieder, als Lars nun den Kopf hebt und schief grinst.

»Loni! Hast dich also dazu entschlossen, mich nicht zu ignorieren.« Er legt das Blatt ab und stützt sich mit einer Hand darauf ab, damit der leichte Wind, der uns umgibt, es nicht packt.

»Ich war nur etwas überrascht, weil du auf einmal vor mir standest. Hast du dich gut eingelebt?« Ich nehme meine Brille ab und putze sie mit meinem Schal.

»Ja, schon okay hier.« Er wirft einen Blick auf das Papier, dessen Ecken sich im Wind erheben, faltet es mit fahrigen Bewegungen zusammen, steckt es in seine Hosentasche und streicht seine Haare wieder zurück, was ein Tick von ihm zu sein scheint, an den ich mich nicht erinnere. In seinen Augen blitzt es. »Ich werde jedenfalls nicht vereinsamen. Deine Freundin wirft sich mir an den Hals.«

»Woher willst du wissen, dass Loreen meine Freundin ist?« Ich setze die Brille wieder auf und wünschte, ich wäre nicht direkt auf seine Bemerkung angesprungen. Jetzt weiß er, dass wir über ihn gesprochen haben.

»Weil ich dich beobachte, immer und überall,« raunt er.

Ich spanne alle Glieder an.

»Du siehst aus, als ob du ein Gespenst gesehen hättest.« Er lacht nicht, sondern mustert mich einen Augenblick mit gerunzelter Stirn. Dann erhellt sich seine Miene und ein kleines Lächeln umspielt seine Lippen. »Das war ein Scherz. Loreen hat geglaubt, es würde mich interessieren, wer hier gut und böse ist.« Er hält beide Daumen hoch. »Dich zählt sie eindeutig zu den Guten.«

Ich werfe einen Blick in den trüben Himmel. Vielleicht ist der Moment jetzt gekommen ihm die Wahrheit zu sagen. Ich räuspere mich, hole tief Luft und schaue Lars fest in die Augen.

»So gut bin ich gar nicht.«

Lars schmunzelt. »Ach ja? Wer sagt das?«

»Ich.«

Er sieht mich stumm an, in seinen Augen ein Funkeln, das ich nicht deuten kann. Ich rechne fest mit einem sarkastischen Kommentar, nehme meine Brille ab und nestele mit gesenktem Blick an den Bügeln herum, um irgendwie beschäftigt zu sein. Ich kann spüren, dass er mich ansieht. So war es immer schon und vielleicht wird es immer so bleiben. Für einen Moment schließe ich die Augen und sehe uns beide nachts an der Zschopau sitzen, zu zweit in eine Decke gehüllt. Sekt aus der Flasche. Gespräche, die so tiefsinnig waren, dass nichts mehr existierte, nur zwei Seelen, die sich einander anvertrauten. Sich einander hingaben. Und der Fluss, der vor unseren Füßen entlang floss.

Als ich meine Augen wieder öffne, sehe ich, dass seine nun geschlossen sind. Das haben wir früher oft gemacht, zusammen mit geschlossenen Augen in unserer Traumwelt versunken. Ich habe meistens den Anfang gemacht und die Kulisse beschrieben, während er geschildert hat, was wir dort erleben. So haben wir uns befreit. Ich hatte in diesen Welten keine leblose Mutter, keine Schuld. Und auch keinen gestressten Vater und keinen überstrengen Bruder. Er hatte keinen Vater, der ihn im Stich gelassen hat, kaum dass er auf der Welt war, keine narzisstische Mutter, die alle Therapien abbrach und keinen Stiefvater, der ihn nach außen hin vergötterte und ihn hinter verschlossenen Türen unverhohlen hasste und gerne auch mal zuschlug.

»Woran denkst du?«, wispere ich und bin mir nicht sicher, ob er mich überhaupt gehört hat.

»An dasselbe wie du denke ich«, erklärt er leise. Er sieht mich an, sein Lächeln hat etwas Komplizenhaftes und ich frage mich, ob er auch an unser Ritual von früher gedacht hat. Er wirkt heute so anders als bei unserer Begegnung im Lehrerzimmer. Gelassen. Sanft.

Weder zynisch noch provokant. Vielleicht würde er mich verstehen, wenn ich es ihm jetzt sagen würde.

Mach schon! Sag es! Die Stimme pulsiert in meinem Kopf und ich würde die Augen am liebsten wieder schließen. Soll ich es wagen? Ich sehe mich um. Etwas weiter sind zwei Lehrer in ein Gespräch vertieft und stehen einander wie Zinnsoldaten gegenüber. Sonst ist hier niemand.

»Lars, ich muss dir was sagen. Ich weiß nur nicht, wie ich anfangen soll.«

Er springt von der Mauer auf und schmunzelt. »Das hast du doch gerade schon. Mach einfach weiter. Ich bin ganz Ohr.« Eine Haarsträhne fällt ihm in die Stirn und wieder fährt er mit beiden Händen durch seine Haare. Er feuchtet seine Lippen fast unmerklich an und sieht mich erwartungsvoll an.

»Hier steckst du!«

Toni, ein kleiner untersetzter Mann und Hausmeister der Schule, watschelt wild gestikulierend auf uns zu.

Lars' Kiefer spannt sich an. »Ich hab doch gesagt, ich geh die Bestellung durch.« Er zieht das Blatt von vorhin aus seiner Hosentasche und deutet darauf. »Die kann so raus.«

»Führ mich nicht an der Nase rum! Du sollst dich um die Blumen kümmern und nicht um die Damenwelt!« Toni wedelt mit dem Zeigefinger umher.

Lars lächelt süffisant. »Für mich ist beides identisch«, witzelt er und ich denke daran, wie wir manchmal zusammen Gedichte geschrieben und sie jedes Mal im Anschluss verbrannt haben. Von außen ist Lars noch immer provokant, vielleicht sogar ein wenig arrogant. Nie würde jemand vermuten, wie tiefgründig er sein kann.

»Ich wollte sowieso gerade gehen«, verkünde ich, da mir die Situation unangenehm ist.

Lars reicht Toni das Blatt. »Geh schon mal vor, ich komm gleich nach.«

»Du hast zwei Minuten, mein Freund. Ich behalte dich im Auge.« Toni winkt mir kurz zu. »Pass auf dich auf, er ist ein Schwerenöter.« Ich lache, obwohl mir nicht danach ist. Ich spüre Wut in mir aufsteigen, weil Toni ihn wie einen kleinen kriminellen Jungen behandelt.

»Also, was wolltest du sagen?« Lars mustert mich wieder mit diesem eindringlichen Blick, den ich kaum aushalte.

»Dafür reichen zwei Minuten sicher nicht.«

»Dann lass uns nachher ein Sandwich holen und im Park essen.«

Mein Herz beginnt zu rasen. Lars und ich. Im Park. Heimlich.

»Hallo? Ja oder nein?«

»Äh, ja.«

»Gut, wir sehen uns dann.«

Ein Stechen in meiner Brust lässt mich nach Atem schnappen und meine Stimme versagt, als ich antworten will. Meiner Kehle entspringt ein unkoordiniertes Gurgeln und ich huste.

»Du findest mich wohl immer noch atemberaubend.« Er dreht sich weg und ruft Toni, der etwas weiter weg wartet und auf seine Uhr zeigt, etwas zu. Ich sehe zu, wie er sich immer weiter von mir entfernt.

Kapitel 11

Er ist nicht gekommen. Warum hat er das gemacht? Will er mich piesacken? Mir meine eigene Lächerlichkeit vorführen? Zwanzig Minuten habe ich gewartet. Wahrscheinlich hatte er nie vor, zu erscheinen und sich anzuhören, was ich ihm zu sagen habe.

»Erde an Loni! Willst du noch Wein?«

Ich hebe den Kopf und blicke in Kates fragendes Gesicht. Sie steht dicht neben mir, die Rüschen ihres Kleides kratzen an meiner Hand, die in meinem Schoß liegt.

»Gerne, danke.« Ich nicke.

Mir gegenüber sitzt David mit roten Wangen und glänzenden Augen, leert sein Glas, reibt sich den Bauch und lobt Kates Lasagne. Sie bedankt sich und lacht. Thomas sitzt neben ihm, lehnt sich in seinem Stuhl zurück und verschränkt die Hände hinter den Kopf. Sein Blick durchbohrt mich. In seinen Augen stehen tausend Fragen, aber er stellt keine einzige von ihnen.

Stattdessen schlägt er nun David freundschaftlich auf den Rücken. »Ich gehe eine rauchen. Kommst du mit raus?«

»Hast du diesem Laster nicht auf unserer letzten Silvesterfeier feierlich abgeschworen?« David steht auf und schwankt dabei leicht. »Du nimmst mir meine Illusionen, ich habe dich über ein halbes Jahr nicht rauchen sehen.«

»Heute muss es sein«, erklärt Thomas mit einem strengen Blick auf mich und ich frage mich, warum er so ein Theater macht, anstatt mir einfach zu sagen, was ihm nicht passt.

David schickt mir einen Kuss, während er die Fenstertür, die in den Garten führt, hinter sich zuzieht. Ich lächle ihm zu und nippe an meinem Wein.

Kate setzt sich mir gegenüber und zerkrümelt ein Stück Baguette. Kleine Flocken rieseln auf das violette Tischtuch, im Hintergrund läuft ein Lied, das mich schon von der Melodie her traurig macht, ohne dass ich mir den Text anhöre.

»Lars hat mich heute versetzt.« Ich werfe die Worte einfach so in den Raum, in der Hoffnung, dass Kate sie auffängt und sie in ihren Händen – wie so oft – zu etwas Tröstlichem modelliert.

»Vielleicht ist das auch besser so.« Kate schiebt die Krümel zusammen und streicht mit ihrem knallgelben Fingernagel darüber.

»Was willst du damit sagen?« Ich kralle beide Hände an der Tischkante fest, als würde ich vom Stuhl fallen, sobald ich loslasse.

»Ich finde, es bekommt dir nicht gut, dass er wieder da ist. Du ziehst dich zurück und lachst kaum noch.«

Ich reiße die Augen auf. »Danke für das Kompliment.«

»Im Ernst. Du steigerst dich da in was rein. Wo ist meine Freundin Loni hin, die immer in allem etwas Positives gesehen hat? Und die die Vergangenheit hat ruhen lassen, um ihr Leben mit David zu genießen?«

»Das war, bevor Lars wieder aufgetaucht ist«, murmle ich.

Kate seufzt. »Na und, dann ist er eben wieder da. Warum lässt du dich davon so beeindrucken und aus der Bahn werfen?«

»Es ist sein Recht, es zu erfahren. Sein Vater ist einfach abgehauen. Ich möchte, dass er die Chance hat, für seinen Sohn da zu sein, wenn er es möchte.«

»Aber deswegen musst du doch nicht gleich dein Leben auf den Kopf stellen.« Sie sieht mir fest in die Augen. »David liebt dich. Und du ihn. Mach das nicht kaputt, nur um kein schlechtes Gewissen zu haben, was du eh nicht haben musst. Lars hat Mist gebaut und ist dafür in den Knast gegangen. Was hättest du denn tun sollen? Das Kind allein großziehen?«

Ich schüttle den Kopf. »Nein, sicher nicht. Es gab für mich keinen anderen Ausweg. Trotzdem verfolgt es mich.«

Ich nehme einen weiteren Schluck Wein. »Und dass David neulich meinte, er hätte gern ein Baby mit mir, macht es nicht besser«, füge ich hinzu.

»Es war doch klar, dass er das früher oder später aussprechen würde. Bisher bist du immer gut um das Thema drumrum gekommen. Willst du dich denn allen Ernstes ein Leben lang für diese eine Entscheidung bestrafen? Dem Kind geht es mit Sicherheit gut, er wird ein schönes Zuhause bekommen haben.«

»Ja, sicher.«

»Lass die Vergangenheit ruhen, Loni. Sag es ihm nicht. Behandle ihn wie einen Freund von früher, jugendliche Liebe und lass es gut sein.« Sie kneift die Lippen zusammen.

Mein Herz stolpert und Übelkeit steigt in mir auf. »Und wenn ich das nicht kann? Vielleicht ist es nicht nur eine Jugendliebe gewesen. Vielleicht liebe ich ihn immer noch.«

Kate starrt mich an, ohne etwas zu sagen. Meine eigenen Worte schallen in meinem Kopf nach. Es ist das erste Mal, dass ich ehrlich zu mir selbst bin und diesen Gedanken zulasse.

»Und jetzt? Willst du dein Kind suchen und dann einen auf Happy Family mit Lars machen oder wie?« Kate ist außer sich, sonst würde sie so eine schnippische Bemerkung niemals von sich geben.

»Ich habe nächste Woche einen Termin bei einer Detektei«, lasse ich die Bombe platzen. Jetzt ist es auch egal.

»Was? Du willst die Familie deines Kindes bespitzeln?« Kate legt die Hände vor den Mund.

»Jetzt sei mal nicht so theatralisch. Die versuchen nur, rauszufinden, wo er ist«, zische ich mit einem flüchtigen Blick zum Garten. Das Licht vor der Tür ist angeschaltet, aber ich kann weder David noch Thomas sehen.

»Ist das legal?«

»Ich habe keine Ahnung, aber das ist mir auch nicht wichtig. Ich will mein Kind finden.«

»Solltest du Lars und David nicht zuerst einmal davon erzählen?«

»Das wollte ich ja, aber Lars ist nicht aufgetaucht.« Ich zupfe einen Fussel von meinem Ärmel und hoffe, dass ich so entspannt wirke, wie ich zu sein vorgebe.

Kate durchschaut mich. »Du bist dabei, einen riesigen Fehler zu machen«, stellt sie fest. »Dir wächst alles über den Kopf!« Ihre Stimme bricht dabei, als ob sie gleich in Tränen ausbrechen würde.

»Kate, du bist meine beste Freundin, aber du hast keine Ahnung, wie ich mich gerade fühle«, sage ich gereizt.

»Doch, habe ich.«

»Woher denn? Du hast schließlich keine Kinder.« Schon in dem Moment, in dem ich es von mir gebe, bereue ich es und presse meine Hand vor den Mund. Kates Augen werden feucht. »Das wollte ich nicht sagen, tut mir leid.«

»Tut es nicht. Du bist auf einem gefährlichen Ego-Trip, Loni.«

»Nein, ich …«

»Schon gut. Ich werde vielleicht nie Mutter sein, aber wenigstens muss ich mir nicht vorwerfen, dass ich es hätte sein können und mein Kind einfach weggegeben habe!«

»So siehst du das also!«

»Und hier sind wir wieder!« David kommt herein und strahlt uns an, gefolgt von einem immer noch mürrisch aussehenden Thomas. »Wir waren eine Runde um den Block. Es sind viele Sterne zu sehen.« David legt mir beide Hände auf die Schulter.

Kate steht mit so viel Schwung auf, dass ihr Stuhl beinahe nach hinten kippt. »Das ist schön, David. Ihr werdet gleich noch sehr viel mehr von den Sternen haben, denn Loni möchte nach Hause.« Sie hat immer noch Tränen in den Augen, löst ihre Haarspange, steckt sie sich in den Mund und dreht ihr Haar auf dem Kopf zusammen.

»Alles in Ordnung?« Thomas runzelt die Stirn und David mustert Kate und mich.

»Ja«, behaupte ich steif. »Ich möchte nur gerne ins Bett.« Ich reibe meine Augen. Ich werde nicht weinen.

»Aber wir hatten noch nicht mal Dessert!«, wirft David ein, während ich geradewegs in den Flur gehe und meinen Mantel vom Haken ziehe. Kate weicht meinem Blick aus, Thomas schüttelt den Kopf. »Ich glaube auch, es ist besser, ihr geht.«

»Was war das denn gerade?« David legt einen Arm um mich und gemeinsam schreiten wir durch die Nacht. Die Sterne erinnern mich an die Leuchtsterne an Kates Wohnzimmerdecke. Erinnerungen an unzählige Fernsehabende auf ihrem Sofa kommen mir in den Sinn. Wieder wird mir übel.

»Nichts weiter. Ich bin wirklich nur müde.« Weil ich kaum noch schlafe und wenn ich es tue, sehe ich sterbende Babys vor mir und werde von gesichtslosen Gestalten verfolgt, füge ich in Gedanken hinzu, sage aber laut: »Und Kate hat das nicht so ganz verstanden, glaube ich. Sie will immer so lange aufbleiben.« Ich bezweifle, dass er mir glaubt, noch dazu, weil das Wochenende vor der Tür steht. Aber

David ist niemand, der nachhakt, wenn er spürt, dass man es nicht will. Er drückt mich fester an sich, gibt mir einen Kuss auf die Schläfe und im Gleichschritt nähern wir uns unserem Zuhause. Ich bin innerlich so aufgewühlt, dass ich einfach mitgehe, als würde ich mich in seinem Windschatten bewegen oder als wäre ich ein fester Teil von ihm, der sich bewegt, nur weil er es tut. Ich ziehe den Schal über den Mund, aus Angst, ihm die Wahrheit ins Gesicht zu schreien. Ich kann jetzt nicht noch einen Menschen verlieren.

»Ist dir kalt?«, fragt David.

»Nein, geht schon.«

Wortlos und eng aneinandergepresst gehen wir weiter. Als wir nach ungefähr fünfzehn Minuten in unserer Straße ankommen, erstarre ich. Auf dem Bürgersteig an einer Laterne, nicht weit von unserem Haus entfernt, lehnt Lars. Er ist dunkel gekleidet und obwohl ich sein Gesicht aus der Distanz nicht im Detail erkennen kann, spüre ich seinen Blick auf mir. David zieht mich sanft weiter. »Kommst du?«

Was will er hier? Woher weiß er, wo ich wohne? Warum wartet er hier auf mich? Mir wird trotz der Kälte heiß, meine Beine zittern.

Mit jedem Schritt wird mir schwindliger, meine Beine tragen mich nicht mehr und ich befürchte, gleich hinzufallen. David scheint es nicht zu bemerken. Ich versuche, mich mit dem Blick in den Himmel abzulenken, weil mein Magen rebelliert. David drückt mich fester an sich und ich überlasse mich seinem Gehrhythmus voll und ganz, komme mir vor wie eine Puppe, die er mit sich rumschleppt. Lars' Gesicht gewinnt immer weiter an Konturen, obwohl sich um mich herum alles dreht. Er ist der einzige fixe Punkt in einem Meer aus Andeutungen. Ich blinzle ein paarmal hintereinander und dann verfangen sich unsere Blicke ineinander, während ich mit David an ihm vorbeigehe. Enttäuschung glänzt dunkel in seinen Augen.

David murmelt ein »Guten Abend« und beachtet Lars kaum, der seinen Gruß mit einem Nicken erwidert, dabei den Blick aber nicht von mir abwendet. Ein stummes Gespräch findet zwischen uns statt. Das Leben hat uns beide verletzt.

Ich gehe schneller und David tut es mir gleich. Lars' Blicke verfolgen mich und ein Schauer läuft über meinen Körper. Vor der überdachten Tür presse ich mich an die Wand und wühle in meiner Tasche.

»Ich finde den Hausschlüssel nicht.« Meine Finger verkrampfen sich.

David zieht seinen Schlüssel aus der Jackentasche. »Ich mach das.«

Ich will zu Lars. Ich will zu ihm laufen, traue mich aber nicht einmal, zurückzublicken. Auf einmal spüre ich Davids Arme, die mich zu sich ziehen. Er drückt mich an seine Brust »Ich bin da, Loni«, sagt er, völlig kontextlos und ich frage mich ob er etwas weiß.

Kapitel 12

»Frau Zill, das ist ja eine Überraschung!« Die Pflegerin, von der ich mir nicht einmal sicher bin, ob es Frau Werner ist oder eine andere gute Seele, die sich seit Jahren um meine Mutter kümmert, drückt meinen Oberarm freudig und ganz ohne Vorwürfe.

»Hätte ich mich anmelden müssen?«, frage ich beschämt, weil mir bewusst wird, dass ich mich nie genug für das Pflegeheim interessiert habe. Weil es so viel einfacher ist, am Fenster zu sitzen.

»Nein, das ist schon in Ordnung, es ist ja Besuchszeit. Gehen Sie ruhig zu ihr.«

Ich kaue auf meiner Lippe herum und stehe unschlüssig vor der weißen Rezeptionstheke. Die Pflegerin mustert mich mit ihren hellen, gütigen Augen und scheint zu verstehen. Sie macht eine einladende Geste. Ich streiche über meine Wangen, die sich hitzig anfühlen und folge der kleinen, energischen Frau mit dem grauen Bob und dem beigefarbenen Kittel durch den Flur. Die Stimme meines Schülers, der heute Morgen im Hof nicht bemerkt hat, dass ich an ihm und seinen Freunden vorbeigegangen bin, dringt erneut in mein Ohr. »Die Zill kommt gar nicht klar, wir nennen sie den besoffenen Zombie.« Das Gelächter der Gruppe war mein Todesurteil. Die beliebte, souveräne Lehrerin Loni Zill gibt es nicht mehr. Mein Blick schweift über die vielen Türen, die an mir vorbeiziehen. Ich habe die

Zimmernummer meiner eigenen Mutter vergessen, denke ich und ein bitterer Geschmack steigt in meinen Mund. Ich wühle in meiner Hosentasche herum und finde ein in orangefarbenes Papier eingewickeltes Bonbon. Wie konnte ich je denken, dass eine Farbe mir Glück bringt, nur weil ich sie trug?

Die Pflegerin bleibt abrupt stehen, klopft kurz an – eine absurde und doch liebevolle Geste – und öffnet die Tür vorsichtig. »Ihre Mutter wird sich freuen«, verkündet sie im Brustton der Überzeugung. »Das Wetter ist so schön, wenn Sie spazieren gehen wollen, drücken Sie einfach den Notknopf. Versuchen Sie nicht eigenhändig, sie in den Rollstuhl zu setzen.« Sie lächelt mir freundlich zu, bevor sie sich abwendet und in ihren Clogs davon schlurft.

Als ich ein Kind war, malte ich Bilder für meine Mutter, sang Lieder und erzählte Geschichten. Gespannt beobachtete ich währenddessen ihr Gesicht und wenn Freude ihre Augen aufleuchten ließ, war ich stolz und kam mir unbesiegbar vor, ich war stärker als jede noch so schwere Form von Aphasie oder Paraplegie. Heute bin ich mir nicht einmal mehr sicher, ob diese Regungen in ihrem Gesicht nicht nur kindliches Wunschdenken waren. Ich war lange überzeugt, dass meine Mutter ihre Sprache und ihre Beweglichkeit eines Tages wiederfinden, mich durch die Luft wirbeln und laut lachend an sich drücken würde, so wie Kates Mutter es immer mit ihr und wohl aus Mitleid auch mit mir getan hatte. Irgendwann verstand ich, dass das nicht passieren würde.

Ich lege meine Brille auf ihren Nachttisch. Ich habe ewig nicht mehr so nahe an ihrem Bett gestanden. Ihre Augen sind geschlossen, aber sie zucken unruhig, als ich den feinen Linien auf ihrer Stirn mit dem Finger folge. Ob es einen Zusammenhang zwischen ihrer Reaktion und meiner Berührung gibt, weiß ich nicht. »Weil ich mich zurückgezogen habe«, wispere ich und lege meine zittrige Hand auf ihren silbrig schimmernden Haaransatz. Ich hauche einen Kuss auf ihre Wange, die sich angenehm warm anfühlt, und lege meinen Kopf an ihre Brust, als müsste ich mich davon überzeugen, dass ihr Herz schlägt. Ich weiß, dass ich sie wecken könnte, sie befindet sich nicht in einem komatösen Zustand, sie schläft nur viel. Aber was hätte ich davon? Sie spricht nicht und sie scheint auch nicht mehr wirklich zu verstehen, was man sagt. Sie benutzt nicht einmal ihren gesunden Arm, um uns irgendetwas mitzuteilen.

Aber du hast sie zum Weinen gebracht.

Abrupt hebe ich den Kopf und denke an den Moment zurück, als ich von meiner Schwangerschaft erzählte und davon, dass ich das Kind nicht würde behalten können. Damals war ich mir so sicher, Tränen in ihren Augen zu sehen, dass ich ihr fortan keinen Besuch mehr abstattete. Das Internat machte es mir leicht, sie nicht sehen zu müssen und nach der Geburt und meinem Schulabschluss wurde die Uni in Dresden zu meinem Rückzugsort, bis ich bemerkte, dass meine scheinbare Gleichgültigkeit meine Familie verletzte. Also erkor ich das Fenster gegenüber dem Bett meiner Mutter zu meinem Platz.

»Wie feige du doch bist!«, flüstert eine Kinderstimme zu mir.

Obwohl ich weiß, dass außer meiner Mutter und mir niemand hier ist, schaue ich mich um.

Wo ist dein Kind, Loni?

Was hast du mit deinem Kind gemacht?

Ich versuche, die Stimme loszuwerden und schüttle meinen Kopf immer doller. Mir wird schwindlig. Ich will, dass das aufhört. Ich haste zum Fenster und umklammere den Griff mit festen, schmerzenden Fäusten und schnappe nach Luft. Mein Herz rast. Draußen im Hof steht ein Junge und zeigt mit dem Finger auf mich. Seine Augen sind tote, schwarze Punkte, die mich anstieren, sein Gesicht ist spitz und blass. Ich drehe mich weg und höre einen lauten, schrillen Schrei, der dumpf in meinen Ohren widerhallt und den ich als meinen eigenen ausmache. Hitze überrollt meinen Körper und ich habe das Gefühl, dass die Luft, die ich einatme, als zäher Klumpen in meinem Hals stecken bleibt. Ich drehe mich um und schaue auf meine Mutter. Ohne Vorwarnung geben meine Beine nach und ich sacke zusammen. Das Zimmer wird schwammig vor meinen Augen, ich fixiere den Bettpfosten mit meinem Blick und krieche darauf zu. Meine Knie schleifen über den Boden. Wenn ich es bis dorthin schaffe, bin ich gleich beim Nachttisch und damit beim Notknopf.

Es kommt mir vor, als ob die Wände von allen Seiten her röcheln und beben würden. Der Raum passt sich meinem rasenden Herzen an, er atmet flach und schwer, das Keuchen wird immer lauter. Panik ergreift mich, als ich das schleppende Geräusch der Tür höre.

»Frau Zill, ist alles in Ordnung?« Die nette Pflegerin von vorhin klingt bestürzt und ich versuche mich an einem Nicken. Ich will kein Aufsehen erregen, die Situation ist mir so schon unangenehm genug.

»Nur ein kleiner Schwächeanfall«, murmele ich, aber sie eilt zum Notknopf. Ein winziges, rotes Licht leuchtet auf. In Sekundenschnelle hat sie mich hochgehoben und zum Sessel geführt, in den ich kraftlos hineinfalle. »Versuchen Sie, ganz ruhig zu atmen, gleich ist jemand bei Ihnen … Alles ist gut, alles ist gut.« Sie wiederholt die letzten Worte immer wieder, aus weiter Entfernung dringen sie zu mir durch und ich spüre, wie Ruhe in mich einkehrt, während ich meinen Bauch beobachte, der sich immer gleichmäßiger hebt und senkt, aber kurz stockt, als ich verstehe, dass die beschwichtigenden Worte meiner Mutter gelten, deren Keuchen den Raum erfüllt. Ich will gerade nach ihr fragen, als sich auf einmal eine junge Frau mit fransiger Kurzhaarfrisur und kirschroten Lippen über mich beugt und mir beide Hände auf die Schultern legt.

»Wie fühlen sie sich?« Sie sieht intelligent aus. Wie jemand, der immer eine Antwort hat.

»Besser.« Ich lasse die Hände auf meine Knie sinken und räuspere mich. Diese ganze Szene kommt mir so unwirklich vor, dass ich einen Moment lang befürchte, in Wirklichkeit vor meiner Klasse zu stehen und meine Schüler ein weiteres Mal zu Zeugen meines Wahnsinns zu machen.

»Ihre Mutter hat sich beruhigt.« Die andere Pflegerin sieht auf einmal gar nicht mehr so freundlich aus, wie vorhin an der Rezeption. »Ich habe Ihren Vater informiert. Er wird gleich hier sein.«

»Thomas und Kate holen dein Auto nachher und bringen es dir.« Es ist das erste Mal, dass mein Vater ein Wort an mich richtet, seit er mit bestürzter Miene auf das Bett meiner Mutter zugelaufen ist. Ich habe mich selten so unsichtbar gefühlt.

»Danke!«, murmle ich und streiche mir die Locken aus dem Gesicht.

Seine Gesichtszüge verhärten sich, keine Spur mehr von dem Weichen, Fröhlichen, dass ihn sonst ausmacht. Er sieht mitgenommen aus. Alt und verletzlich. Er wirft mir einen hastigen Blick zu, bevor er sich wieder der Straße zuwendet.

»Frau Werner hat uns nahegelegt …, also sie meint, es ist besser, wenn du …« Er schaltet einen Gang zurück, das Auto zittert vor sich hin.

»Ich verstehe schon, ich soll fernbleiben«, sage ich kühler als beabsichtigt.

»Naja, zumindest für eine Weile.« Er umklammert das Lenkrad fester. »Deine Mutter war außer sich. Ich weiß, du gehst davon aus, dass sie nichts mitbekommt, aber dem ist nicht so. Sie kann sehr wohl spüren, wenn etwas nicht in Ordnung ist. Daran solltest du denken, wenn du das nächste Mal …«

»Austickst?« Ich richte mich in meinem Sitz auf. »Das wolltest du doch sagen, oder?«

Er schweigt, erstarrt, nur sein Adamsapfel bewegt sich.

»Ich habe sie nicht mit Absicht so aufgeregt.« Mein Herz klopft hart und erbarmungslos in meiner Brust, als wolle es mich warnen: Ich bin gerade dabei, auch noch meinen Vater zu verlieren, den Menschen, der immer zu mir gehalten hat und der für mich und mein Kind auf seinen Traum der eigenen Konditorei verzichtet hätte.

»Loni, ich weiß nicht, was du zu ihr gesagt hast, aber es hat auf jeden Fall etwas in ihr ausgelöst. Vielleicht verkneifst du dir das beim nächsten Mal. Sie kann nicht antworten, obwohl sie es sicher möchte und das regt sie nun mal auf.«

Seine Worte versetzten meinem Herzen einen Stich.

»Versteh mich nicht falsch. Ich habe Angst um sie. Wer weiß schon genau, was in ihr vorgeht. Ich will nicht, dass sie leidet.«

»Aber ich, ich kann ruhig leiden, oder wie?« Tränen brennen in meinen Augen.

»Das habe ich nicht gesagt. Ich denke lediglich, dass wir uns Frau Werners Rat zu Herzen nehmen sollten.« Er seufzt. »Tu mir den Gefallen und geh erst wieder zu deiner Mutter, wenn du … gefestigter bist.«

»Ich bin also in deinen Augen nicht gefestigt und eine Last für meine eigene Mutter, die sowieso kaum etwas von der Welt mitbekommt?«

Wut vernebelt seine sonst so sanfte Stimme. »Jetzt tu nicht so, als ob die Besuche bei ihr dir irgendetwas bedeuten würden! Du sitzt auf der Fensterbank und wartest, bis du wieder gehen darfst. Damit konnte ich bis jetzt gut leben. Aber dass du sie aufregst, das will ich einfach nicht! Sie macht schon genug durch! Ich meine, was wolltest du überhaupt alleine da?«

»Wunderbar! Mach dir keine Sorgen, ich werde weder sie noch dich in Zukunft mit meiner Anwesenheit belästigen.«

»Loni, jetzt übertreibst du.«

»Ach, findest du?« Ich gebe mir einen Schlag auf den Oberschenkel, um meine Worte zu unterstreichen. »Weißt du was, ich brauche euch alle nicht. Wenn ihr mich nicht mehr ertragt, nur weil ich nicht mehr die über alles hinweg lächelnde und optimistische Loni bin, dann kann ich auch gut auf euch verzichten!«

»Loni!«, haucht mein Vater fassungslos. »Jetzt redest du wirklich wirres Zeug.« Er reißt seine Augen auf. »Wer erträgt dich denn nicht?« Er schaut flüchtig zu mir. »Etwa David?«

»Natürlich nicht!« Ich lache bitter auf, als ich an David denke, der mich immer noch vergöttert, obwohl ich ihm mit meinen Albträumen fast jede Nacht den Schlaf raube und mich von ihm abwende, sobald seine Küsse etwas fordernder werden und seine Hände über meinen Körper streichen.

»Wer dann?«

»Nicht so wichtig. Wir sind da. Danke fürs Mitnehmen.« Ohne einen weiteren Blick auf meinen Vater reiße ich die Autotür auf, schmeiße sie ebenso gefühlvoll wieder zu und gehe.

In unserem Haus brennt Licht. Während ich das Auto meines Vaters mit aufbrausendem Motor davonfahren höre, bewege ich mich langsam auf die Laterne zu, an der Lars vor einigen Tagen gestanden hat. Ich habe ihn seitdem nicht gesehen und mich schon mit einem erfundenen Pflanzenproblem in meinem inexistenten Garten bei Toni danach erkundigt, ob er überhaupt noch an unserer Schule arbeitet. Deswegen weiß ich nicht nur, dass Lars immer noch da ist, sondern bin nun auch im Besitz seiner Telefonnummer, die Toni aus seinem Handy gefischt hat, damit ich mir Rat holen kann, bevor für meine Pflanze jede Hilfe zu spät kommt.

Ich lege eine Hand auf den kühlen, rauen Laternenpfosten, von dem die Farbe an einigen Stellen abblättert. Sein Licht ist noch nicht eingeschaltet. Genauso hilflos wie ich, stumm und ausdruckslos steht er vor mir. Ich schließe die Augen und sehe Lars, seinen Blick, als ich mit David an ihm vorbeigegangen bin. Ich muss ihn anrufen. Ich muss ihn sehen.

»Loni? Kommst du hoch?«

Als ich mich suchend umsehe, rinnen Tränen über meine Wangen. David steht oben am Fenster und winkt mir fröhlich zu.

»Ich bin gleich bei dir«, rufe ich zurück und winke ebenfalls, während ich mein Handy aus der Jackentasche ziehe. »Ich rufe nur noch schnell jemanden an.«

Kapitel 13

»Ich habe dich gestern angerufen. Aber du bist nicht rangegangen.«

In Lars' Augen blitzt ein Lächeln auf. »Ist das ein Vorwurf?« Er zuckt mit den Achseln. »Ich war mit Becky draußen und hatte das Handy nicht mit.«

»Becky?« In mir schrillen Alarmglocken, parallel zu der Schulklingel, die den Beginn der nächsten Unterrichtsstunde und damit das Ende meines gerade erst begonnenen Gesprächs mit Lars einläutet.

»Becky und ich leben seit vier Jahren zusammen.« Er grinst und stupst mich an. »Jetzt mach nicht so ein Gesicht. Bist du etwa eifersüchtig?«

Ich bekomme kein Wort heraus, weil ich gerade merke, dass ich tatsächlich Eifersucht verspüre und im Boden versinken könnte.

»Wenn es dich beruhigt, Becky ist meine Labradorhündin und gerade die einzige Frau in meinem Leben.« Er wird ernst. »Und du bist also vergeben.« Unsere Blicke halten sich einen Moment lang aneinander fest wie zwei Ertrinkende, die wenigstens zusammen untergehen wollen.

»Warum warst du da?« Meine Stimme klingt heiser.

Er fährt sich durch die Haare. »Keine Ahnung. Vielleicht mag ich den Laternenpfahl in deiner Straße mehr als mir lieb ist.« Keiner von uns lacht.

In meinem Bauch setzt ein unangenehmes Kribbeln ein. Ich wende den Blick von Lars ab und schultere meine Tasche. »Ich muss in meine Klasse.«

»Ist orange immer noch deine Glücksfarbe?« Er streicht die Haare erneut zurück.

»Du erinnerst dich daran?«

»Natürlich. An das und an noch viel mehr.«

Mir wird heiß. »Ich muss wirklich los.«

»Warte!« Er macht einen Schritt auf mich zu. »Warum hast du angerufen?«

»Vielleicht aus demselben Grund, aus dem du in meiner Straße warst.« Ich mustere die Linien auf seiner braunen Cordjacke, um ihm nicht ins Gesicht sehen zu müssen. Ein Gefühl der Schwere geht von ihm aus, als hätte er mir etwas Unsichtbares aufgebürdet, das wir nur zu zweit tragen können. Unser Schweigen wird jäh unterbrochen.

»Loni!« Irma, eine unserer Sekretärinnen, wirft unverblümt einen Blick auf ihre Uhr und schüttelt den Kopf mit den blondierten schulterlangen Haaren, mit denen sie um Jugendlichkeit ringt. »Der Unterricht hat schon begonnen.«

»Jawohl, Sir!« Lars schmunzelt und auch ich muss mir ein Grinsen verkneifen.

Irma errötet und wirft Lars einen verärgerten Blick zu. Sie schürzt die dünnen Lippen. »Der Direktor erwartet dich.«

»Jetzt gleich? Ich habe doch Unterricht.«

»Das scheint dir ja nicht so wichtig zu sein, wenn du lieber hier rumstehst und plauderst. Ich schicke deine Schüler in die Bibliothek.« Sie wendet sich ab, dreht sich dann aber noch einmal zu mir um. »Davon haben sie, wenn man den Gerüchten Glauben schenkt, sowieso mehr als von deinem Unterricht«, fügt sie gehässig hinzu und zieht die schwere Glastür auf, hinter der sich ein beige gestrichener Flur mit roten Klassenzimmertüren befindet.

»Hey, vielleicht sollten Sie und ich mal zusammen ausgehen!«, ruft Lars ihr hinterher. Irma reißt Augen und Mund auf, erwidert aber nichts, sondern stöckelt kopfschüttelnd davon und lässt die Tür mit einem dumpfen Knall hinter sich zufallen. Wut lodert in Lars' Blick, flacht jedoch ab, als er mich fast schon schüchtern fragt: »Hast du Probleme?«

»Wer hat die nicht?« Ich lege eine Hand auf meine Wange. Sie glüht. »Ich sollte gehen. Gleich kommen meine Schüler raus, um in die Bibliothek zu gehen und die alte Schreckschraube Irma ebenfalls.«

»Okay, verstehe. Ich muss sowieso noch zu Toni.« Lars geht einen Schritt zurück. Er hebt die Hand, hält aber inne und winkt nicht, sondern lässt die Hand im Zeitlupentempo sinken. Er kommt erneut auf mich zu und bleibt nahe vor mir stehen, zieht seine Brieftasche hervor und ein gefaltetes, vergilbtes Zettelchen aus einem Seitenfach. Seine Stimme ist leise, vorsichtig wie ein verletztes Kind, das nicht weiß, ob schon die nächste Gefahr lauert. »Nimm das. Ich glaube, du brauchst es gerade mehr als ich.« Er reicht mir das rissige Papier. Es schmiegt sich an die schwitzige Innenfläche meiner Faust. »Pass auf dich auf, Loni.« Er streicht mit seinem Zeigefinger über meine Hand, es wird nur ein kurzer Moment gewesen sein, für Außenstehende kaum bemerkbar. Für mich jedoch ist es eine Ewigkeit, die die Welt stillstehen lässt, mich auffängt und mich in ihren Armen wiegt, bis ich stark genug bin, um meinen Weg weiterzugehen.

»Danke.« Wir sehen uns an, unsere Blicke umkreisen einander zuerst zögerlich, um sich dann endlich miteinander zu vereinen, sich aufeinander einzulassen, alles um uns herum loszulassen.

»Bis bald.« Lars geht wieder ein paar Schritte rückwärts, bevor er sich umdreht. Mit jedem seiner Schritte presse ich das Zettelchen fester an meine Brust.

»Was stehen Sie denn hier herum, setzen Sie sich! Ich habe keine Zeit!« Herr Friedrich, ein hagerer Mann Anfang fünfzig, rümpft seine spitze Nase und streicht über seine graue Krawatte. Sein Ehering blitzt auf und ich frage mich, ob er privat umgänglicher ist als beruflich. Seit sein Vorgänger vor ein paar Monaten samt seiner Herzlichkeit und den bunten Bildern an den Wänden des Büros in Rente gegangen ist, herrscht hier ein anderer Ton. Die Wände sind karg, die Gespräche ebenso und ich erinnere mich nicht, das Büro seit Herrn Wenzels Weggang aufgesucht zu haben. Lieber kläre ich meine Angelegenheiten über Mail oder mit der stellvertretenden Direktorin. Ich ertrage Gesprächspartner, die nie lächeln, nur sehr schlecht und es wundert mich nicht, dass ein Mensch wie Herr Friedrich mit Lars' Stiefvater befreundet ist. Ich lege meine Hände betont lässig auf die Armlehnen des grauen Lederstuhls und versuche, meine Nervosität zu verstecken.

»Sie wollten mich sprechen?«, frage ich überflüssigerweise und ärgere mich über meine zittrige Stimme.

»In der Tat! Ich will es gleich auf den Punkt bringen: Die Eltern Ihrer Schüler beschweren sich und so etwas kann ich natürlich nicht dulden. Sie wissen, dass das Ansehen einer Schule mit der Professionalität ihrer Lehrer einhergeht.« Er räuspert sich. »Und Lehrerinnen natürlich.« Er trommelt mit den Fingerspitzen auf die makellose Glasplatte, die auf seinem dunklen Holzschreibtisch angebracht ist. »Was haben Sie dazu zu sagen?«

Ich kann nicht verhindern, dass ich in mich zusammensacke und mir wie ein Schüler vorkomme, der seine Hausaufgaben nicht gemacht hat. »Ähm, was genau sagen die Eltern denn?«

Er horcht auf. »Als ob Sie das nicht wüssten! Aber bitte, wenn es nicht anders geht!« Er schlägt ein braunes, charakterloses Notizbuch auf. »Sie kommen zu spät. Sie vergessen, Material mitzubringen. Sie irren sich bei grammatikalischen Fragen ebenso wie bei literaturgeschichtlichen und ändern dann ihre Tafelbilder so hastig, dass die Schüler den Überblick verlieren. Und …« Er hebt den Zeigefinger, seine Schultern und seine Augenbrauen in einer bemerkenswerten Synchronität. »Sie starren gerne schon mal ein paar Minuten – ich zitiere einen Schüler – wie blöde vor sich hin, ohne ein Wort zu sagen.« Er presst die Lippen zusammen und schlägt das Notizbuch zu. »Nun, Frau Zill, wie erklären Sie das alles?«

Ich verschränke meine Finger fest ineinander, werfe einen hastigen Blick auf meine Tasche, die mit ihrem fröhlichen Orange der einzige Farbtupfer in diesem Paralleluniversum aus grau, schwarz und weiß ist, in dem ich mir winzig und wertlos vorkomme.

»Ich habe momentan privat ein paar Dinge zu regeln und bin deswegen etwas unkonzentriert. Sie kennen mich nicht, normalerweise arbeite ich sehr gewissenhaft, fragen Sie ruhig die Kollegen.«

Er steht auf und ich schrumpfe weiter in mich zusammen. »Soll ich nun etwa auch noch meine Zeit damit verschwenden, anderen ein gutes Wort über Sie abzuringen?«

»Natürlich nicht.« Ich schüttle den Kopf so entschieden, dass ich kontrolliere, ob der vor dem Eintreten hastig gebundene Lockenknoten in meinem Nacken sich nicht gelöst hat. »Ich dachte nur …«

»Es ist mir egal, was Sie dachten. Ich sage Ihnen aber sehr gerne, was ich denke. Ich rate Ihnen, sich einen Krankenschein zu holen und erst nach den Weihnachtsferien wieder hier zu erscheinen. Bis dahin haben Sie Ihre Angelegenheiten hoffentlich geklärt.«

Ich runzle die Stirn. »Sie wollen, dass ich gehe?« Mein Kreislauf gerät in Wallung, mein Magen ebenfalls, und ich bete im Stillen, dass ich nicht gleich einen Würgeanfall bekomme. Ich überlege sicherheitshalber schon, welcher Toilettenraum diesem Büro am nächsten ist.

»Nein, ich empfehle Ihnen, eine Pause zu machen. Entweder das oder Sie haben sich ab sofort wieder im Griff. Ich lasse auf jeden Fall nicht zu, dass Sie diese Schule mit Ihrem inkompetenten Auftreten weiterhin blamieren.« Seine blauen Augen sind eisige Blitze, die mich mitten in mein rasendes Herz treffen.

»Ich liebe diesen Job. Ich lebe dafür. Bitte lassen Sie mich auf die Pause verzichten, ich habe mich im Griff.«

»Wie Sie meinen. Ich bin gespannt.« Er eilt zur Tür und reißt sie auf. Ich verstehe und erhebe mich mit einem Kraftaufwand vom Stuhl, der dem Gefühl der Schwere, das mich erdrückt, Ausdruck verleiht.

Als ich bei der Tür angekommen bin, zischt er: »Ich behalte Sie im Auge.« Ich nicke stumm und hoffe, dass niemand beobachtet, wie ich mit hängenden Schultern und auf dem Boden festgefrorenen Blick über den Gang eiere, weil mir schwindlig ist.

Der Asphalt des Schulhofs und der Himmel bilden eine graue Einheit, mit der sie mich in einen Rahmen pressen. Ich werfe einen Blick auf die Uhr. Noch eine Viertelstunde, bis diese Unterrichtsstunde vorbei ist. Ich erwäge kurz, meine Schüler in der Bibliothek aufzusuchen, um ihnen wenigstens eine Hausaufgabe aufzugeben, entscheide mich dann aber dagegen, weil die Worte des Direktors wie Würmer in meinen Ohren kriechen und kribbeln und mir immer übler wird. Ich kehre zu der breiten, zum Eingang führenden Steintreppe zurück und lasse mich auf einer der Stufen nieder. Ein tiefer Seufzer entweicht mir, ich löse mein Haarband und ziehe meine Locken über die Ohren. Ich schließe die Augen und atme die Ruhe ein, der bald mit der Schulklingel Einhalt geboten wird. Was soll ich nun tun? Die schonungslose Art des Direktors hat mich ebenso verletzt wie der Inhalt seiner Worte, aber ich weiß, dass die Beschwerden der Eltern im Kern gerechtfertigt sind. Ich bin nicht mehr bei der Sache, ein Schatten meiner selbst, in Gedanken stets mit der Frage beschäftigt, wem ich welche Wahrheit gestehen soll. Dass Loreen mich seit dem Konflikt im Lehrerzimmer ignoriert und Marlies und Robert mir höflich-distanziert und offensichtlich am liebsten gar nicht mehr begegnen, macht das Ganze nicht besser. Und die Funkstille zwischen mir und meiner Familie macht mich fertig und ich glaube, ich kann nur noch halbwegs funktionieren, weil David mich nicht verurteilt, nicht nachfragt, sondern einfach an und auf meiner Seite bleibt. Wenn ich wenigstens Kate anrufen könnte! Vielleicht sollte ich das heute Abend einfach tun.

»Seine Frau wollte mir mal an die Wäsche.«

Ich zucke zusammen und bemerke jetzt erst, dass ich geweint habe. Ich wische mir über die Augen. Wieder folgt mein Blick den braunen Cordlinien, die zuerst verschwommen, dann aber immer klarer empor zu Lars' Wangen und schließlich zu seinen Augen führen. Ich schniefe und lache gleichzeitig auf. »Was? Die Frau von Herrn Friedrich?«

»Genau die.« Er grinst. »Ist schon einige Jahre her. Ich habe dankend abgelehnt.«

»Verrückt.« Ich will ihn fragen, warum er nach allem, was passiert ist, immer noch Kontakt zu seinem Stiefvater und dessen Freundeskreis hat, aber mir fehlen die passenden Worte und die Kraft, den Schlüssel zu drehen und mich der Vergangenheit zu nähern.

Lars setzt sich zu mir. Unsere Beine berühren sich und es fühlt sich richtig an. Eine angenehme Wärme durchströmt mich. »Er weiß nichts davon. Ich finde es viel amüsanter, jedes Mal daran zu denken, wenn ich den Idioten sehe, dass seine Alte unschuldigen, jungen Männern unmoralische Angebote macht.«

Ich verdrehe die Augen und schmunzle, während mir eine weitere Träne über die Wange rinnt. »Du und unschuldig, schon klar.«

Er lacht heiser, verstummt aber abrupt, als er meine Träne mit seinem Daumen wegwischt. Er sieht mir dabei etwas zu lange in die Augen und ich erwidere seinen Blick. Alles um uns herum versinkt im Nichts, bis wir beide uns abwenden, er sich durch die Haare streicht und ich meine Brille abnehme und die Bügel auf- und zuklappe.

»Was hat er gesagt?« Lars deutet auf das klobige weiße Gebäude hinter uns.

»Die Eltern beschweren sich über mich.«

»Wie kann man sich über dich beschweren?«

Ich setze die Brille wieder auf. »Er hat leider recht. Ich bin in letzter Zeit unkonzentriert.«

»Warum?«

Weil du hier bist. Weil wir ein Kind zusammen haben. Weil es ein Fehler war, zu gehen, als du mich am dringendsten gebraucht hättest. Weil ich wissen will, wie dein Leben ist. Die Spirale der möglichen Antworten dreht sich in meinem Kopf und mir wird wieder schwindlig. Aber ich habe keine Angst vor einem Sturz, weil Lars' Nähe mir ein Gefühl von Sicherheit gibt.

»Komplizierte Geschichte«, sage ich lapidar.

»Das sind die besten.« Er grinst schief und sieht dabei so unverschämt gut aus, dass ich wegschauen muss, um das Kribbeln in meinem Bauch zu kontrollieren.

»Es klingelt bald. Ich sollte mich schon mal auf den Weg zu meiner Klasse machen. Ich darf nicht mehr zu spät kommen.«

Lars und ich stehen zusammen auf. »Schon klar. Ich muss auch weitermachen.« Er sieht mich fragend an.

»Was?«

»Hast du gelesen, was auf dem Zettel steht?«

»Ich bin leider nicht dazu gekommen, ich war zu beschäftigt damit, mir anzuhören, was für eine schlechte Lehrerin ich bin.«

Er winkt ab. »Vergiss das. Er ist ein Arsch.« Wir bleiben auf der untersten Stufe stehen. »Lies, was auf dem Zettel steht.«

Ich klopfe auf meine Hosentasche. »Wird gemacht!« Ich stecke Daumen und Zeigefinger hinein, halte jedoch inne, als Lars ruft: »Doch nicht jetzt! Du musst dafür allein sein!«

»Erröte ich, wenn ich ihn lese? Bist du etwa auch nicht besser als Frau Friedrich?« Ich feixe und stelle fest, wie leicht mir das fällt und wie gut es mir tut, Lars zum Lachen zu bringen. Es war immer mein Ziel, ihn glücklich zu machen, weil ich wusste, wie schwer er es zu Hause hatte. Dass seine nächste Unterkunft das Gefängnis sein würde, hätte ich niemals gedacht.

Ich lächle ihn an und ziehe gleichzeitig mein klingelndes Handy hervor. Als ich die Nummer sehe, vergeht mir das Lachen.

»Ich muss rangehen, bis bald«, versuche ich Lars abzuwimmeln.

»Schon klar. Ist es der Glückliche, dem dein Herz gehört?« Seine Augen sind auf einmal so dunkel, dass sie fast schwarz aussehen und ein verbitterter Zug lässt ihn älter aussehen als gerade noch vor wenigen Minuten. Er lässt mich einfach stehen und geht davon.

Ich will ihn zurückhalten, aber ich habe keine Zeit. Der Anrufer wird bald aufgeben und außerdem ertönt gerade die Schulklingel und kündigt eine weitere Verspätung meinerseits an. Mein Herz zittert in meiner Brust. »Lars, warte!«, rufe ich trotz des Zeitdrucks.

Er schlendert unbeirrt weiter und ich weiß nicht, ob er mich nicht hören kann oder will. Auf jeden Fall wirkt er betont entspannt, als wolle er mir zeigen, dass er jemanden wie mich nicht braucht. Ich seufze. In wie viele Konflikte gerate ich denn noch hinein? Ein Blick auf das Handy verrät mir, dass ich den Anruf verpasst habe. Während Lars in einer Seitentür verschwindet, eile ich durch den Schulhof und höre mir dabei die Sprachnachricht an, die der Anrufer hinterlassen hat.

»Guten Tag, Frau Zill. Harald Melzer von der Detektei Oberliech hier. Rufen Sie mich doch bitte zurück, ich habe gute Neuigkeiten.«

Mein Handy rutscht aus der Hand, die ich nach unten habe gleiten lassen. Ich atme tief ein und noch bevor die ersten Schüler aus der Tür in den Hof treten, hebe ich das Telefon wieder auf und laufe schnellen Schrittes in den Klassenraum.

Kapitel 14

Wir träumen den Traum der Gewissenlosen
Leben im Geheimnis
Wir rasen durch den Sturm des Ungeschriebenen
Hand in Hand fangen wir die Wörter auf
Finden unsere Geschichte. Findet uns
der Traum der vollen Herzen
Lieben im Zuzweit
Wir fassen alles zusammen
Tragen es auf unseren Schultern
Brauchen nichts als uns
Die Sonne gibt nie auf

Der Zettel von Lars liegt in meiner Hand und ich sitze auf dem Sofa in unserem Wohnzimmer. Immer wieder lese ich mir das Gedicht vor und mit jedem Mal wird mein Herz schwerer. Warum hat er gerade dieses Gedicht behalten? Das letzte Gedicht, das wir je zusammen geschrieben haben. Wir haben Rotwein aus der Flasche getrunken und uns die Zeilen gegenseitig auf die Arme gekritzelt, die genauso auf der Haut gekitzelt haben wie die Grashalme in Lars' Garten. Ich erinnere mich daran, wie wir lachend und betrunken aus der Hollywood-Schaukel gefallen und auf dem perfekt gepflegten Rasen gelandet sind, als wäre es gestern gewesen. Lars' Mutter und sein Stiefvater waren über das Wochenende verreist, Kate hatte mir etwas widerwillig ein Alibi gegeben und wir fühlten uns unbesiegbar. Wir konnten nicht ahnen, dass Lars kurz darauf einen Einbruch begehen und verhaftet werden und ich einen positiven Schwangerschaftstest haben sowie aus purer Angst den Traum von einer Zukunft mit Lars wegwerfen würde.

Als die Wohnzimmertür sich im Zeitlupentempo öffnet, zerknülle ich den Zettel hastig und lasse ihn in der Tasche meiner Jogginghose verschwinden. Ich setze mich in den Schneidersitz und zwirbele an einer Locke herum.

»Störe ich?« David fragt so zaghaft, dass ich augenblicklich ein schlechtes Gewissen bekomme. Wir träumen den Traum der Gewissenlosen. Ich lege meine Fingerspitzen auf die schmerzhaft pochenden Schläfen. Heute ist einer der guten Tage, denn es gelingt mir, das Flüstern in meinem Kopf lediglich wahrzunehmen, aber mich nicht mehr darüber aufzuregen. Ich lasse es nicht an mich heran, ebenso wenig wie David, der sich nun neben mich setzt und die Hand für den Bruchteil einer Sekunde auf mein Knie legt, bevor er sie wieder zurückzieht, so als hätte er sich verbrannt.

Sein Blick ist müde und wir wissen beide, dass der Grund dafür nicht in seiner Praxis liegt. Wir schleichen beide schon zu lange umeinander, umkreisen das, was uns gerade entzweit, anstatt darüber zu sprechen und den alles entscheidenden Schritt zu machen. Lieben im Zuzweit.

Er fragt auch heute nicht. David ist niemand, der sich schnell sorgt und er ist auch kein Freund tiefsinniger Gespräche. Bis jetzt hat mich seine unbeschwerte Art fasziniert. Gerade kommt sie mir jedoch fehl am Platz vor, mein Herz, das schwer in meiner Brust schlägt, erträgt es jetzt nicht, von dieser oberflächlichen Leichtigkeit gestreift zu werden. Es will verstanden, gepackt und getragen werden und zum ersten Mal kann Davids Anwesenheit nicht verhindern, dass ich mir Lars und die Schwermut, die ihn bei allem umgibt, was er tut, herbeiwünsche.

»Jenny fragt, ob wir morgen Nachmittag mit den Jungs ins Schwimmbad mitgehen. Vielleicht können du und ich auch in die Sauna. Obwohl das ja dann keine reine Damensauna ist und ich weiß nicht, ob du …« Er hält inne.

»Ob ich nicht neuerdings zu verklemmt bin, um in eine gemischte Sauna zu gehen, wolltest du fragen?« Ich blicke ihm fest in die Augen und denke an die vielen Abende, an denen ich mich ihm entzogen habe, wenn er mit mir schlafen wollte. Seit er mir seinen Kinderwunsch offenbart hat, ertrage ich seine Nähe nicht mehr und nichts kann die starre Eisschicht zum Schmelzen bringen, die ich geradezu körperlich spüre, sobald David mich berührt.

Er seufzt und sieht so hilflos aus, dass ich ihn am liebsten in den Arm nehmen würde. Aber irgendetwas hält mich zurück. Wir sehen uns stumm an, als müssten wir uns in den Augen des anderen suchen.

Ich streiche mit beiden Händen die Locken zurück. »Nichts gegen Jenny und die Kinder. Aber ich brauche dieses Wochenende wirklich, um mich etwas zu erholen. In der Schule ist gerade viel los und ich brauche etwas Ruhe.« Ich versuche mich an einem Lächeln. »Da sind zwei aufgedrehte Dreijährige und ihre niemals stille Mama nicht die passende Gesellschaft.«

David nickt. »Das verstehe ich. Gehst du deswegen nicht mehr joggen? Weil du zu viel Stress hast? Nicht, dass es mich etwas angehen würde, aber Sport wäre vielleicht gerade jetzt ein guter Ausgleich.«

Doch, es geht dich etwas an, schreit etwas in mir. Sei nicht immer so verdammt überhöflich! Frag nach, frag, was mit mir los ist und lass dich nicht mit Ausreden abspeisen! Und lass mich nicht aus einem falschen Verständnis von Respekt los, sondern halte mich! Halt mich fest und lass mich nicht mehr los, denn ich falle gerade!

»Ich nutze jede Minute Ruhe, die ich kriegen kann. Du weißt, dass ich nicht so gut schlafe in letzter Zeit.« Aber du weißt nicht, warum. Und du ahnst nicht, dass ich nicht mehr joggen will, weil ich draußen ständig Stimmen höre, sobald das Gedankenkarussell anspringt. Ich wünschte, Lars wäre nie zurückgekommen oder noch besser, ich hätte mich nie auf ihn eingelassen.

»Würde es dir etwas ausmachen, wenn ich Jenny allein begleite?« Ein Schatten liegt auf seinem Gesicht und lässt ihn noch erschöpfter wirken. »Dann kann ich ihr mit Lennox und Jasper helfen.« Er räuspert sich. »Henry ist wieder mal auf Geschäftsreise. Und sie können doch beide noch nicht schwimmen.«

»Du musst dich nicht vor mir dafür rechtfertigen, dass du etwas mit deiner Schwester und deinen Neffen unternehmen willst. Mach das ruhig. Ich mache mir hier einen gemütlichen Nachmittag.«

»Okay.« Er drückt mir einen Kuss auf die Stirn, so schnell, dass ich ihn kaum spüre. »Ich gehe schlafen. Kommst du?« Ich denke an sein schelmisches Lächeln, das seine Lippen sonst umspielt hat, wenn er mich charmant-theatralisch verführt hat. An die Lockerheit, mit der wir mit unserer Lust umgegangen sind. An den Spaß, den wir zusammen hatten. Nichts davon ist geblieben. David erhebt sich fest ausatmend vom Sofa.

»Ich fahre in den Weihnachtsferien weg«, platzt es aus mir heraus, als er gerade nach der Türklinke greift. Er mustert mich ruhig. »Für die Feiertage bin ich natürlich wieder da. Ich besuche Pia. Erinnerst du dich an sie? Sie hat im Internat ein Zimmer mit mir geteilt.« Pia ist meine Pause. Sie bietet mir eine Fluchtmöglichkeit, eine die mich weniger beschämt als der von Herrn Friedrich vorgeschlagene Krankenschein.

»Natürlich weiß ich, wer Pia ist.« Einen Moment lang glaube ich, Tränen in seinen Augen funkeln zu sehen, und bemühe mich, den Gedanken an diese Möglichkeit schnell loszuwerden.

»Sie bekommt ein Baby, hattest du gesagt, nicht?«

»Ja«, wispere ich, weil meine Stimme versagt und mein Atem stockt. David sieht so traurig aus, dass ich es kaum ertrage.

Wieder nickt David, als wäre damit alles gesagt. »Gute Nacht, Loni.«

Ich rutsche an den Rand des Sofas, lehne mich zu dem Tisch hinüber und schließe die Augen. Jeder Herzschlag schmerzt im Rhythmus mit dem Pochen in meinen Schläfen. Als ich ein leises Klicken höre, öffne ich die Augen. Ich starre den Goldring mit seinem runden, orangefarbenen Stein an meiner linken Hand an. Auf ein Mal fühlt es sich falsch an ihn zu tragen. Ein Versprechen. Will ich das überhaupt noch? Wohin gehöre ich? Ich presse eins der roten Sofakissen an meine aufgewühlte Brust und weine bittere Tränen hinein.

»Wie siehst du denn aus?« Kates Gesichtszüge, die eben noch Unnahbarkeit ausstrahlten, entgleisen.

Ich zucke mit den Achseln und bitte sie mit einem Nicken in die Wohnung. Selbst diese kleine Geste ist mir zu anstrengend. Soll ich ihr die Wahrheit sagen? Dass ich meinen Verlobungsring gestern Abend abgelegt und die ganze Nacht auf dem Sofa geweint habe, abgesehen von dem Moment, als David nach mir sehen wollte und ich mich schlafend stellte. Und dass ich mich den ganzen Tag in meinen Klassenarbeiten vergraben und sogar auf das Mittagessen verzichtet habe, um niemanden über den Weg zu laufen? Soll ich ihr sagen, dass ich mein Leben nicht mehr verstehe? Dass ich mir nichts mehr wünsche, als dass es mit David wieder wie früher ist? Bevor Lars aufgetaucht ist und David mir verkündet hat, dass er ein Kind mit mir möchte. Vor dem Anruf der Detektei, die ich noch immer nicht zurückgerufen habe, weil es sich ohne Lars' Unterstützung nicht richtig anfühlt. Und vor allem vor dieser inneren Stimme, die mich einfach nicht in Ruhe lässt, egal wie sehr ich mich bemühe, sie zu ignorieren.

Kate schiebt sich an mir vorbei, streift ihre Stiefeletten ab und tapst auf ihren lilafarbenen Wollsocken in die Küche, wo sie sich vor dem Teeregal reckt und streckt, als müsse sie eine genaue Bestandsaufnahme durchführen.

»Für mich einen mit Früchten.« Sie dreht eine rosa Schachtel in ihren Händen und kneift die Augen beim Lesen zusammen. »Ich will keine künstlichen Aromastoffe.«

»Ist zwischen uns wieder alles gut?« Ich stelle mich neben sie und stiere ins Regal, ohne auch nur eine einzige Teesorte wahrzunehmen.

»Der scheint in Ordnung zu sein. Ich koche Wasser.« Sie wendet sich ab, doch ich halte sie am Oberarm fest.

»Kate! Es tut mir leid. Bitte sprich mit mir!«

»Mach ich doch! Ich will Tee!«

»Und ich will meine beste Freundin zurück!« Ich lasse sie los und wir schauen uns stumm an, so lange bis Kate seufzt und die Schachtel auf das Fensterbrett neben sich legt. Dann zieht sie mich in ihre Arme und bohrt ihre Nase in die Locken, die ein wirres Knäuel auf meiner Schulter bilden.

»Wir waren echt gemein zueinander«, murmelt sie und ich nicke. Sie schiebt mich ein Stück von sich weg und mustert mich. »Was ist nur los mit dir? Du bist so … anders.« Sie presst die Lippen aufeinander und schüttelt den Kopf. »Nein, nicht anders. Du bist immer noch du. Nur so unglücklich. Du siehst so mitgenommen aus und was das Schlimmste ist: Du schließt mich aus.«

Ich deute auf den Esstisch und wir setzen uns beide hin. Ich weiche Kates Blick aus. Augenblicke umschwirren uns, zuerst wie unauffällige Insekten, kaum größer als Punkte. Doch sie schwellen an, werden zu gnadenlosen Wellen, die mich mitreißen. Wie eine Ertrinkende klammere ich mich an der Tischkante fest, während ich die Decke anstarre und die Worte aus meinem Mund hervorsprudeln, in der Hoffnung, dass Kates Unterstützung mir zum Halt, zum schützenden Damm wird. Ich beschließe, mich ihr anzuvertrauen. Ich brauche ihre Meinung, ihren Rat. Ich erzähle ihr von der Stimme, die ich höre, von den zermürbenden Albträumen und meinen Problemen im Job. Von David, dessen Nähe ich nicht ertrage und gleichzeitig herbeisehne und dessen Geduld, die ich nicht verstehe. Von Lars, der für mich in den letzten Jahren ein Stern am Himmel war, an den ich selten gedacht habe und von dem ich nun befürchte, dass er zu meiner Sonne wird, obwohl ich damit David verletze.

»Und wo ich gerade beim Verletzen bin«, fahre ich fort, »genau das tue ich in letzter Zeit ständig. Meinen Vater, meine Freunde in der Schule, dich, Thomas und sogar meine Mutter, die ich so aufgeregt habe, dass man mich jetzt nur noch ungern zu ihr lässt. Alle stoße ich vor den Kopf und obwohl ich es weiß, kann ich einfach nicht damit aufhören. Ich bin nicht einmal zu stolz, um mich zu entschuldigen. Ich bin zu erschöpft und beschäftigt. Mit Lars, meinen Gefühlen. Mit unserem Kind. Ich traue mich nicht, die Detektei zurückzurufen, aus Angst vor der Entscheidung, die ich dann treffen muss. Doch ich glaube, ich bin schon zu weit gegangen, um jetzt einen Rückzieher zu machen. Es verfolgt mich. Das Kind, das nicht weiß, wer seine richtigen Eltern sind, verfolgt mich in meinen Träumen und meinen Gedanken.«

»Bist du dir denn nicht mehr sicher, dass du es Lars sagen willst?«

Mein Blick lässt von der Decke ab und ich sehe Kates verschwommene Umrisse vor mir. Ich presse meine Handflächen auf die Augen. Ich kann mir keinen Weinkrampf erlauben, ich muss die Fassung bewahren und mit Kate eine Lösung finden. Diese bemüht sich nicht einmal, ihre Tränen zu verbergen.

»Ach, Loni. Es ist viel schlimmer, als ich dachte.«

»Danke, dass du da bist.« Ich reiße mich immer noch zusammen, Kate leidet auch so schon genug, ich darf nicht vor ihr zusammenbrechen. Das hässliche Gefühl der Hilflosigkeit, das mich im Pflegeheim überrannt hat, flackert kurz auf und ich stemme mich vehement dagegen. Kämpfen. Stark sein. Nicht nachgeben.

»Im Ernst. Das mit der Stimme macht mir Sorgen.«

Ich lache auf. »Falls es dich beruhigt, sie meldet sich in letzter Zeit seltener. Und ich habe gelernt, sie zu ignorieren. Ich bin nicht verrückt, falls du das annimmst.«

»Das habe ich nie behauptet. Trotzdem solltest du das vielleicht ärztlich abklären lassen.«

»Du glaubst doch nicht wirklich, dass ein Arzt mich einfach so mit meinen Hirngespinsten rumlaufen lässt?« Ich winke ab. »Deine Sorge in Ehren, Kate, aber ich kann jetzt nicht noch einen Rattenschwanz von Analysen und Diagnosen mit mir rumschleppen.«

»Verstehe.« Kates Tränen haben Spuren auf ihren Wangen hinterlassen und sie tupft mit ihren Fingerspitzen daran herum. »Lass uns über Lars reden. Habt ihr viel Kontakt?«

Ich denke nach. »Eigentlich nicht. Wir treffen uns eher zufällig. Und doch kommt es mir so vor, als ob er meine Nähe sucht. Er hat mir sogar eins unserer Gedichte geschenkt. Allerdings hat er mich gestern einfach stehen lassen, weil er dachte, David ruft an. Dabei war es die Detektei. Aber das konnte ich ihm ja wohl schlecht sagen.« Ich verschränke die Arme auf dem Tisch, lege meinen Kopf darauf und schließe die Augen. Ich halte die Müdigkeit kaum noch aus, wie dankbar wäre ich, wenn ich jetzt in einen tiefen, ruhigen, traumlosen Schlaf fallen könnte.

»Doch, genau das ist es!«, ruft Kate und ich zucke zusammen. »Du musst Lars die Wahrheit sagen, und zwar schnellstmöglich! Und dann wartest du ab, was passiert.«

»Er wird mir wohl kaum dankend in die Arme fallen, weil ich ihm ein Kind geschenkt habe und es ihm nur nicht gesagt habe, weil ich ihn in Ruhe seine Knaststrafe absitzen lassen wollte.« Spitzer als beabsichtigt bemerke ich: »Und du warst der Meinung, dass es besser wäre, es ihm nicht zu sagen, schon vergessen?« Kate nimmt es mir zum Glück nicht übel.

»Willst du das denn? Dass er dir in die Arme fällt?«

Ich sehe Lars' Gesichtszüge und vor allem seine Augen vor mir. Seinen tiefen Blick, der irgendwas zwischen ihm und mir auslöst, von dem ich das Gefühl bekomme, dass es uns auf ewig verbindet.

»Kann sein«, hauche ich. »Aber damit breche ich David das Herz.«

»Das tust du auch, wenn du ihn anlügst und dich. Ich weiß, was ich gesagt habe, aber da wusste ich noch nicht, wie sehr du dich damit quälst. Die Wahrheit muss raus! Und zwar für alle Beteiligten!«

»Für alle«, wiederhole ich und halte die Luft an. »Was schlägst du also vor?«

»Du musst dich mit Lars treffen. Und zwar außerhalb der Schule. Nur du und er. Und dann sagst du ihm alles.« Sie streicht über die roten Stressflecken an ihrem Hals und ich bekomme ein schlechtes Gewissen.

»Und auch mit David musst du sprechen, am besten heute noch. Du kannst nicht so weitermachen. Nach diesem Wochenende müssen David und Lars Bescheid wissen, sonst wirst du wirklich noch verrückt.« Sie lächelt. »Und dann weißt du auch, zu wem du gehörst. Du wirst es spüren.«

»Aus deinem Mund klingt das alles so leicht.«

»Ich glaube eben daran, dass alles seinen Weg geht – und zwar den richtigen. Was zusammengehört, verliert sich nicht.«

»Du siehst mich mit David.«

»Um mich geht es hier nicht«, erklärt sie entschieden. »Hast du Lars' Nummer?«

»Ja.«

»Wunderbar. Dann schreib ihm, dass du was mit ihm bereden musst. Und zwar allein.«

»Okay.«

Ihre Augenbrauen schnellen hoch. »Na los!«

»Etwa jetzt?«

»Natürlich jetzt! Hol dein Handy! Ich mach uns in der Zwischenzeit endlich einen Tee.« Kate steht auf und tänzelt auf gemütlichen Wollsocken zum Wasserkocher. Seit sie vor einiger Zeit einen Strickkurs belegt hat, versorgt sie ihre eigenen Füße und die ihres Umfeldes mit den farbenfrohsten Exemplaren. Ich bewundere sie für ihre Art, sich nicht so schnell unterkriegen zu lassen. Sie ist offen für Neues und strahlt so viel Glück aus, obwohl das Leben es nicht immer gut mit ihr meint, sonst wäre sie längst Mutter. Ich kenne niemanden, der so bedingungslos lieben kann wie meine beste Freundin.

»Kate?«

»Ja?« Sie dreht sich zu mir um und lächelt vorsichtig.

»Bitte gib deinen Traum von einem Baby nicht auf.«

»Dann gib du David und dein jetziges Leben nicht auf. Nicht, um einer Vergangenheit hinterherzurennen, die eben genau das ist: Vergangen.«

»Ich dachte, du bist neutral – weil es doch nicht um dich geht?«, erinnere ich sie an ihre Worte von eben.

»Ja, aber es geht um die Liebe!«, sagt sie und wendet sich dem Wasserhahn zu, als wäre damit alles gesagt.

Kapitel 15

David lässt sich schnaufend auf das Sofa fallen. »Lennox und Jasper sind definitiv tolle, aber anstrengende kleine Mitbürger.« Ich befürchte schon, dass er nun wieder über seinen Kinderwunsch sprechen will, aber er setzt sich gerade hin und fragt lediglich: »Lust auf ein Glas Wein?«

Ich nutze die Gelegenheit, ich habe keine Wahl. »Gute Idee. Ich muss dir sowieso was Wichtiges sagen.« Mir wird flau, während ich in die Küche gehe und mir die angefangene Flasche Rotwein sowie zwei Gläser schnappe. Wie soll ich anfangen? Mit der Schwangerschaft und der Adoption? Oder mit Lars' Einbruch? Oder noch früher? Soll ich ihm vielleicht doch nicht von meinem Kind erzählen und ihm nur sagen, dass meine Jugendliebe aufgetaucht ist und ich gerade etwas Zeit zum Nachdenken brauche? Oder sollte ich mit dem Ring beginnen und der Feststellung, dass unsere Beziehung gerade in einer Krise steckt? Ich schwitze und merke, wie mein Herz rast.

Doch ich will nicht länger feige sein, ich muss mich den Tatsachen stellen. Ich atme tief durch und das flaue Gefühl im Magen flacht ab, als würde ich ihm mit meiner Entschlossenheit den Nährboden entziehen.

Als ich David eins der Gläser reiche und ihm zuproste, komme ich mir vor wie in einem schlechten Film. Man prostet niemandem zu und sieht ihm dabei in die Augen, während man hinter seinem Rücken eine Axt aus Worten schwingt, mit denen man alles zerschlagen wird, an was er je geglaubt hat. David sieht allerdings auch so schon mitgenommen und geradezu betrübt aus. Ich frage mich, ob ich etwas damit zu tun habe, als er seine Hand für einen kurzen Moment auf meine Schulter legt und schwer einatmet.

»Ich weiß, du wolltest etwas mit mir besprechen. Aber ich habe auch Neuigkeiten. Leider keine guten. Und vielleicht machen sie es dir leichter, mir deins zu sagen.«

Was meint er damit? Ahnt er etwas? Ein inneres Zittern überkommt mich und ich setze mein Glas ab, als müsste ich beide Hände freihaben, um mich festhalten zu können. »Was ist passiert?«

»Henry hat eine Affäre.«

Mein Herz rast. »Was? Und jetzt?«

»Gute Frage. Er hat es Jenny gestern gesagt. Am Telefon.« Er schnaubt. »Ganz klassisch. Die Sekretärin, jung und unbeschwert.«

»Das tut mir schrecklich leid für Jenny. Werden sie sich trennen? Die Kinder sind doch noch so klein.«

Er nippt an seinem Wein und verzieht das Gesicht. »Sollte man wegen der Kinder zusammenbleiben und ihnen eine heile Familie vorspielen? Kann man mit all den Lügen leben, die immer im Raum stehen und sich nie auflösen werden? Kann man dem anderen je wieder vertrauen und ihn bedingungslos weiterlieben?«

»Ich … weiß nicht«, stammle ich und komme nicht umhin, mich zu fragen, um wen es eigentlich gerade geht, um Henry und Jenny oder um David und mich. So kenne ich David gar nicht. Er ist normalerweise niemand, der sich viele Fragen stellt und tiefsinnige Gespräche führt.

»Was hast du ihr denn geraten?«, will ich von ihm wissen und sehne mich gleichzeitig nach seiner Meinung darüber, was das Richtige für mich ist.

»Ich habe ihr gesagt, dass sie an einem guten Punkt in ihrem Leben ist, weil sie jetzt entscheiden und mit gutem Gewissen einen Neuanfang machen kann, wenn es das ist, was sie braucht.«

Wir sehen uns stumm an und auf einmal bin ich mir sicher, dass wir über mich sprechen. Unwillkürlich sehe ich auf den Beistelltisch neben mir, auf dem mein Verlobungsring liegt. Mein Blick findet zu David zurück und ein Kloß in meinem Hals macht mir das Atmen schwer. Er hat schon bemerkt, dass ich den Ring abgelegt habe, ich kann seine Trauer spüren, als er nun von mir abrückt und mich mit Tränen in den Augen mustert. In seiner Miene liegt nichts Kämpferisches, nichts Starkes. Er gibt uns auf, ganz sanft und ohne Hass. Nie ist mir so bewusst gewesen, dass das mit uns für David ein Glück war, das er angenommen und respektvoll in seinen Händen getragen hat. Aber nun rinnt es ihm zwischen den Fingern hindurch und er lässt es gehen, ohne Fäuste einzusetzen. Weil er nicht so ist. Ich denke an Lars mit der trotzigen Härte, die seine Gesichtszüge zeichnet, sogar wenn er lächelt. David ist anders. Er ist wie ein Regenbogen, er lebt von Sonne und Regen, von Glück und Unglück und geht seinen Weg weiter, ohne sich in den Abgrund zerren zu lassen. Meine Lippen beben, als ich seine Worte höre, heiser, resigniert, traurig: »Du liebst mich nicht mehr, habe ich recht? Du bist irgendwo bei dir und etwas, von dem ich nichts verstehe, aber nicht mehr bei mir. Und ich kann dich nicht festhalten. Wenn du gehen musst, geh.«

Ich schließe die Augen und Tränen rollen über meine Wangen, wie Gestein, das alles, was mir einst so viel bedeutet hat, unter sich begräbt.

»Ich werde ein paar Tage bei Jenny wohnen. Henry ist ja noch auf Geschäftsreise und wird danach nur noch seine Sachen holen und erstmal ausziehen. So kann ich ihr helfen – und dir Zeit geben. Für was auch immer du sie brauchst.«

Sag es! Sag ihm die Wahrheit, schreit es in mir, aber ich nicke nur wortlos. Meine ganze Energie ist auf einen Schlag verpufft. Ich habe nicht die Kraft, ihm jetzt von Lars und dem Kind zu erzählen. Der Raum beginnt sich zu drehen und mein Kopf schmerzt so sehr, dass ich die Augen, die ich gerade erst wieder geöffnet habe, erneut schließen muss. Mein ganzer Körper ist schwer und ich kann mich nicht rühren. Ich spüre Davids Anwesenheit und gleichzeitig die Entfernung, die sich zwischen uns gepresst hat.

Als ich wieder zu mir komme, liege ich allein auf dem Sofa, eine Decke auf mir und das Licht gedimmt. Ich richte mich auf und suche nach meinem Handy, das ich schließlich neben dem Fernseher finde. Es ist fast halb zwei. Ich kann mich nicht einmal daran erinnern, eingeschlafen zu sein. Nun bin ich jedenfalls hellwach, mein Herz klopft schnell und ich spüre das Blut in meinen Adern pulsieren. So ist an Schlaf nicht mehr zu denken. Gut, dass morgen Sonntag ist und ich wenigstens nicht zur Schule muss. Ich reibe meine Augen und dann erst fällt mein Blick auf die Nachricht, die ich gegen Mitternacht erhalten habe.

»Hi Loni, da bin ich ja mal gespannt, was du mir erzählen willst. Komm doch einfach zu mir. Wann immer du willst, sag einfach kurz vorher Bescheid, das reicht. Ich bin selten außer Haus.«

Die Nachricht endet mit seiner Adresse und meiner Erkenntnis, dass ich so schnell wie möglich dorthin muss. Sie prasselt auf mich nieder wie Regentropfen inmitten eines unaufhaltsamen Sturms.

Kapitel 16

»Herzlich willkommen in meiner bescheidenen Bude, Loni.« Lars küsst mich nach einem kurzen Zögern auf die Wange. Er riecht nach Aftershave, Oregano und Alkohol. Sein Geruch ist mir fremd und ich zucke zusammen, als seine Lippen meine Haut streifen.

»Hallo Lars«, murmele ich, trete ein und komme mir seltsam fehl am Platz vor, hier in seiner Welt. Der Flur ist dezent bepflanzt und hellgelb gestrichen, die Türen weiß. Noch während ich erfolglos nach einer Garderobe suche, packt Lars mich wortlos am Handgelenk und zieht mich in eins der Zimmer hinein, eine kleine, rustikal-harmonisch wirkende Küche, die dem gemütlichen Bild, das ich von dem alten Bauernhaus hatte, in dem er lebte, gerecht wird. Begleitet von einem hypnotisierenden Surren läuft der Herd und beleuchtet den ansonsten dunklen Raum wie ein Stern den Nachthimmel. Ich spüre Lars' Blick auf mir und mir läuft ein Schauer über den Körper. Hölzern stehe ich in der Gegend rum und gleichzeitig irgendwie neben mir. Passiert das alles gerade wirklich? Hat David mich wirklich verlassen? Bin ich tatsächlich bei Lars zuhause? Und vor allem: Werde ich ihm wirklich jetzt gleich von unserem Kind erzählen und ihn bitten, mich in die Detektei zu begleiten, um zu erfahren, was Harald Melzer herausgefunden hat?

»Wein?«, fragt Lars und öffnet die Flasche, noch bevor ich antworten kann. Ich schäle mich aus meiner Daunenjacke und hänge sie über einen Stuhl, der allein vor einem kleinen Tisch steht. Ich lege eine Hand auf das überraschend unebene, kühle Holz, welches mich an das Bild erinnert, das Lars anderen früher immer gerne von sich gegeben hat. Auch ich hielt ihn anfangs für arrogant und egozentrisch und dachte lange, er hätte meine Nähe nur gesucht, um sich über mich lustig zu machen. Lars hätte jedes Mädchen haben können. Aber er wollte mich. Wie wird unsere Geschichte weitergehen? Stumm beobachte ich ihn, wie er so dasteht, leicht vornübergebeugt, mit unordentlichem Haar, knittrigem weißen Hemd, das sich gespenstisch hervorhebt, und fahrigen Bewegungen. Abrupt dreht er sich zu mir um und hält mir ein Glas hin. Dann nimmt er seins und prostet mir zu.

»Auf unser wunderbares Wiedersehen!«, sagt er auf seine typisch sarkastische Art, leert sein Glas in einem Zug und schenkt sich gleich nach. Ich weiß nicht, was ich sagen soll und bin erleichtert, als sich seine Miene auf einmal aufhellt.

»Ich hoffe, du magst Lasagne immer noch?« Das Leuchten in seinen Augen erinnert mich an David und mir wird flau. Verlegen drehe ich mein Glas in den Händen und hoffe dabei gleichzeitig, dass ich mich nicht gleich übergeben muss.

»Ja, Lasagne ist toll.« Ich räuspere mich. Lars stellt sein Glas ab, sieht mich an und kommt einen Schritt näher.

»Du hast es schön hier.« Ich weiche seinem Blick aus.

»Ja erstaunlich aufgeräumt für jemanden wie mich, findest du nicht auch?«

»Ähm, ich weiß nicht. Wie bist du denn?«

»Du kennst mich doch.« Er kommt noch näher und ich spüre seinen Atem auf meinen brennenden Wangen, als er flüstert: »Du bist wahrscheinlich der einzige Mensch auf dieser Welt, der mich kennt.«

Zum ersten Mal an diesem Abend erwidere ich seinen Blick ganz bewusst. Unsere gemeinsame Zeit steigt vor meinem inneren Auge auf wie eine Wiese, die ich vor langer Zeit überquert habe. Wie eine Patchwork-Decke vereint sie die schönsten Blumenflächen mit den hässlichsten Schlachtfeldern. Wir waren alles. Lebendig, bunt, zerbrechlich, verdorrt. Aber tot waren wir nie.

Ein Schnipsen holt mich in die Realität zurück. »Komm, du Träumerin, das Essen ist fertig.«

»Duftet köstlich.« Ich setze mich in den Schneidersitz und schiebe mir gleichzeitig eins der dicken grünen Sofakissen in den Rücken. Lars reicht mir den Teller samt Besteck und mir fällt sein leicht glasiger Blick auf. Er verlässt das Zimmer, um auch sich eine Portion Lasagne zu holen und füllt anschließend unsere Weingläser wieder auf.

»Für mich nicht zu viel bitte, ich muss ja noch fahren.«

Er setzt sich nahe neben mich, ebenfalls im Schneidersitz und unsere Knie berühren einander. Ich erstarre unter der Berührung.

»Die brave Loni. Korrekt wie immer.«

Mir wird augenblicklich schwindlig. Korrekt. Verlogen und rücksichtslos bist du!

Ich schließe die Augen und stammle: »Nicht jetzt, bitte nicht jetzt.« Mir wird schlecht und ich schnappe panisch nach Luft, aus Angst, gleich ohnmächtig zu werden. Ich hatte wirklich gedacht, ich hätte die Stimme besiegt. Gar nichts besiegst du, du bist die ewige Verliererin!

»Loni?« Ich höre, wie Lars seinen Teller etwas zu fest auf dem Glastisch vor uns absetzt und mir meinen Teller dann aus den Händen nimmt. Kurz darauf spüre ich seine Hand auf meiner Schulter. Er drückt mich an sich und ich versuche, meinen Atemrhythmus seinem anzupassen. Eine Welle Schüttelfrost überkommt mich und ich bin dankbar für Lars' Körperwärme und sein Taktgefühl. Er fragt nicht nach, sondern streichelt meine Schläfe und wartet ab. Ich öffne meine Augen und konzentriere mich auf ein Foto an der Wand, das den jungen Lars neben einer riesigen Sonnenblume zeigt. Er hält beide Daumen hoch und grinst unter einem schief auf seinem Kopf sitzenden Strohhut.

»Mein erster Urlaub nach dem Knast«, bemerkt er trocken und ich nehme an, dass er meinem Blick gefolgt ist. Er erzählt weiter, in einem seltsam monotonen Ton, als würde es um einen Fremden gehen. Er berichtet von der Einsamkeit und den Panikattacken, die ihn regelmäßig in seiner Zelle überfallen haben, von der Sehnsucht, einfach planlos und frei durch den Wald zu streifen und von den anderen Häftlingen, die ihn größtenteils geschnitten haben, weil er ihnen zwar keinen Anlass zur Verärgerung gegeben hat, aber auch keinen Grund, ihn zu mögen.

»Ich habe das mit mir allein ausgemacht, weißt du.« Seine Stimme hat eine dumpfe Art von Ruhe in meinen Kopf gebracht und es kommt mir vor, als wäre mein Körper mit Lars` verschmolzen. Aber als er jetzt fortfährt, beginnt mein Herz zu rasen.

»Mit mir und dir. Ich habe ständig an dich gedacht.« Er lacht rau. »Manchmal habe ich echt geglaubt, du wartest da draußen auf mich. Aber dann wurde mir klar, dass jemand wie du was Besseres verdient hat als mich.«

»Ich habe dich im Stich gelassen«, flüstere ich und spreche damit zum ersten Mal laut aus, was ich denke. »Das war nicht richtig.«

»Ach was!« Er winkt ab. »Wir waren jung, ich hab Scheiße gebaut und die Quittung dafür bekommen.«

Ich löse mich sanft von ihm und setze mich gerade hin. »Du weißt nicht alles.« Ich fahre mir durch die Haare. Nun ist der Moment der Wahrheit also gekommen. Wie ein Ungeheuer erhebt sie sich vor mir und droht, mich zu erschlagen. Ich kann wieder weglaufen, wie so oft, oder ich kann ihr in die Augen sehen und sie überwinden, indem ich sie mit Lars teile.

»Du auch nicht.« Lars nimmt einen Schluck Wein und hält mir mein Glas ebenfalls hin. Als ich es nehme, berühren sich unsere Fingerspitzen und ein wohliger Schauer läuft durch meine Hand. Ich kann gar nicht glauben, dass wir uns wieder so nahe sind. Als ob es die ganzen Jahre dazwischen nie gegeben hätte. Als ob es David und mich nie gegeben hätte, denke ich und ignoriere den Stich in meinem Herzen, der mich beim Gedanken an ihn überfällt. Hastig trinke ich den Rest Wein und deute auf die Flasche. »Mehr.«

Lars zieht die Augenbrauen hoch. »Ich denke, du musst fahren?«

»Egal.« Unsere Blicke versinken ineinander, als Lars kaum merklich den Kopf schüttelt.

»Iss erstmal was. Wenn das Essen dir schon zu kalt geworden ist, kann ich es für dich aufwärmen. Mir macht es nichts aus, ich esse oft kalt.«

Ich nehme meinen Teller, stochere darin herum und schiebe die Gabel halbherzig in meinen Mund. Mir ist der Appetit vergangen.

»Was hast du damit gemeint, dass ich nicht alles weiß?« Ich versuche in Lars' Gesicht zu lesen, ob er kurz davor ist, mir etwas Unangenehmes zu offenbaren. Kurz befürchte ich, dass er mir gleich mitteilen wird, dass er längst von meiner damaligen Schwangerschaft weiß, werde aber schon kurz darauf eines Besseren belehrt. Es geht nicht um unser Kind. Noch schlimmer: Es geht um Liebe.

»Ich suche dich. Seit Jahren suche ich dich in den Armen anderer Frauen und ich finde dich nicht. Das Gefühl, das ich bei dir hatte, ist nie wiedergekommen, verstehst du? Ich weiß nicht, was das mit uns war, kann man überhaupt schon von Liebe sprechen, wenn man so jung ist, wie wir es damals waren? Aber eins ist sicher: So wie mit dir war es nie mehr. Und ich begleite ständig irgendwelche Frauen nach Hause und verbringe die Nacht mit ihnen und denke dabei immer nur: Warum ist es nicht wie mit Loni?«

»Was?« Ich erschaudere. »Oh Gott, Lars. Ich … weiß gar nicht, was ich sagen soll.«

»Du musst gar nichts sagen. Ich hätte es für mich behalten sollen.« Er zuckt mit den Achseln. »Es überfordert dich und wahrscheinlich spricht sowieso nur der Alkohol aus mir«, stellt er fast schon sachlich fest und zieht sich damit in sein Schneckenhaus zurück, so wie ich das von ihm kenne.

»Nein, schon gut. Es kommt nur etwas überraschend.«

»Und ergibt auch gar keinen Sinn. Ich meine, ja, ich mag dich immer noch. Aber du hast schon jemanden. Wie heißt er nochmal? Willst du mir von euch erzählen?«

Ich schüttle den Kopf und eine Locke fällt dabei in meine Stirn. »Das passt gerade nicht. Es läuft momentan nicht so gut.«

»Das tut mir leid«, sagt Lars, hebt eine Hand, lässt sie einen Moment unschlüssig in der Luft verharren und dann wieder in seinen Schoß sinken.

»Schon in Ordnung. Lass uns über etwas anderes reden.« Ich streiche die Locke aus meiner Stirn.

»Zum Beispiel über dein Geheimnis?«

»Was?« Ich reiße die Augen auf, in mir schrillen tausende Alarmglocken.

»Du hast vorhin gemeint, dass ich nicht alles weiß«, erklärt Lars und schiebt sich ein Stück Lasagne in den Mund.

Während er kaut, kann ich meinen Blick nicht von seinen Lippen abwenden und denke an unseren ersten Kuss zurück. Er verteidigte sich nicht, als Thomas ihn zusammen mit seinen pöbelnden, betrunkenen Freunden von Kates Party wegschickte und ihnen dabei mit der Polizei drohte. Obwohl er die ganze Zeit nur stumm in einer Ecke gestanden und mich dabei angelächelt hatte, als gäbe es nur ihn und mich. Ich war zu diesem Zeitpunkt schon in ihn verliebt und jedes Mal glückselig, wenn er nach der Schule auf mich wartete und sich mit mir in den Park zurückzog, wobei er mich jedoch stets auf Distanz hielt, so dass ich mir keine Chancen bei ihm ausrechnete. Trotzdem lief ich ihm am Abend der Party hinterher und ab da waren wir ein heimliches Paar. Irgendwie war uns beiden klar, dass es vor allem mir Ärger gebracht hätte, wenn wir offiziell zusammen gewesen wären.

»Hallo? Träumst du schon wieder?«

»Was?« Ich erröte. »Nein, ich finde nur nicht die richtigen Worte für das, was ich dir sagen will.«

»Klingt ja spannend.« Er mustert mich amüsiert, als hätte er mich nicht vor gerade mal ein paar Minuten vor einem Zusammenbruch retten müssen. Er stellt seinen Teller ab, lehnt sich zurück und verschränkt die Arme vor seiner Brust. »Schieß los.«

Jetzt also wirklich. Ein unangenehmer Druck macht sich in meiner Kehle breit und ich hole tief Luft. Doch anstatt Worte bricht ein Schluchzen aus mir heraus, stärker als ich. Unkontrollierbar breche ich vor Lars in Tränen aus und beweine alles, was sein könnte, wenn ich mich nicht für eine feige Flucht entschieden hätte, damals als er mich mehr denn je gebraucht hätte und ein kleines Herz in meinem Bauch zu schlagen begonnen hatte, das ihm die endlosen Stunden im Gefängnis vielleicht erträglicher gemacht hätte, weil er die Aussicht auf die Familie gehabt hätte, die ich ihm insgeheim immer gewünscht habe. Ich versinke in Mitleid mit dem verlorenen Jungen, der Lars einst war, und dem Mann, der aus ihm geworden ist. Ich schlage die Hände vor mein Gesicht und lasse zu, dass der Weinkrampf meinen Körper erschüttert wie ein gnadenloses Erdbeben, das meine Welt verwüstet und nur tote Trümmer zurücklässt. Ich kann es Lars nicht sagen, ich kann den Gedanken, dass er mich gleich hassen wird, nicht ertragen. Als er mich nun erneut an sich drücken will, schiebe ich ihn bestimmt von mir und stehe auf.

»Warum bist du so nett zu mir?«, schluchze ich und meine Stimme zittert. »Ich habe das gar nicht verdient, glaub mir.«

»Doch, das hast du«, erwidert er so überzeugt, als könnte niemals die größte Lügnerin der Welt vor ihm stehen.

»Du hast ja keine Ahnung!«, rufe ich und wische mir gleichzeitig die Tränen von den Wangen. »Ich habe dich belogen. Und ich tue es immer noch!« Erneut breche ich in Tränen aus.

»Wovon redest du?« Er runzelt die Stirn und steht nun ebenfalls auf. Seine Augen funkeln gefährlich, als ob sich Mitgefühl und Wut in ihnen bekämpfen würden. Er packt mich an den Schultern. »Loni, sieh mich an! Was meinst du damit, dass du mich belügst?«

»Ich kann es dir nicht sagen! Ich will nicht, dass du mich verachtest, gerade jetzt, wo du endlich wieder da bist!«

Er steht nun ganz nahe vor mir und seine Hände wandern von meinen Schultern zu meinen Wangen. Ich atme schnell und flach und habe Angst vor dem, was gleich passieren könnte.

»Dann lass es«, raunt er mir zu, während er den Kopf neigt und unsere Lippen sich beinahe berühren. Meine Wangen kribbeln unter seinen Händen und mein Herz hämmert hart gegen meine Brust.

»Ich befürchte aber, dass ich es dir sagen muss, weil es mich sonst auffrisst«, hauche ich mit so heiserer Stimme, dass ich mich frage, ob er mich überhaupt verstehen konnte.

Lars' Fingerspitzen streichen sanft über mein Gesicht, über meine Arme, bis zu meinen Händen, die er nun packt. Er zieht mich zum Sofa und in seine Arme hinein.

»Ich glaube, für heute hatten wir genug«, sagt er, und ich weiß genau, was er meint. Auch mir ist das hier alles gerade zu viel. Wir legen uns umschlungen hin und ich nicke mit meinem Kopf an seiner Brust.

»Ja, da hast du recht.« Erschöpft schließe ich die Augen und werde kurz darauf von einem so tiefen Schlaf übermannt, wie ich ihn in den letzten Monaten vergeblich gesucht habe.

»Loni! Wach auf!«

Lars' Stimme dringt dumpf in mein Bewusstsein und ich blinzle so lange, bis seine Umrisse nicht mehr so verschwommen sind, als wäre er ein Geist aus einer anderen Zeit.

»Du musst gehen! Es ist schon nach Mitternacht.« Er zieht mich auf die Beine und ich reibe meine Augen.

»Was?« Verwirrt sehe ich mich um. Das Licht ist gedimmt, der Tisch leer geräumt, als hätten wir nie versucht, hier gemeinsam zu essen. Lars steht vor mir und hält mir meine Jacke hin.

»Du bist eingeschlafen und hast so entspannt ausgesehen, dass ich es nicht übers Herz gebracht habe, dich zu wecken. Aber …« Sein Blick mustert mich nervös. »Du solltest jetzt gehen, nicht dass dein Freund sich fragt, wo du bleibst.«

Ich schlucke. David wartet nicht auf mich. Nicht mehr. Aber auch diesen Gedanken wage ich nicht laut auszusprechen, so als könnte ich die Trennung ungeschehen machen, wenn ich sie nicht in Worte packe. Was will ich eigentlich? David? Warum fällt es mir dann so schwer, mich von Lars zu verabschieden? Und warum ist es mir nicht gleichgültig, dass wir uns nicht geküsst haben? Was hatte ich von diesem Abend eigentlich erwartet? Verrenne ich mich gerade komplett in etwas?

»Ich will nicht, dass du Ärger mit ihm kriegst.« Lars hilft mir in die Jacke hinein, deren dicke Polsterung sich irgendwie tröstend an mich schmiegt.

»Das ist schon in Ordnung«, sage ich hastig und ziehe den Reißverschluss ganz zu.

Lars dreht sich wortlos um und ich folge ihm durch den Flur bis zur Haustür. Mit einem Seufzer öffnet er sie und dreht sich dann zu mir um. Draußen ist es totenstill und ein kalter Luftzug ruft mich aus meiner Starre.

»Danke!«, beeile ich mich zu sagen.

»Kein Problem!«, erwidert er und klingt dabei ernster, als er es sein sollte. Wie sehr hätte ich mir gewünscht, dass heute Abend alles gut geworden wäre. Aber nichts ist gut. Meine Lüge steht immer noch zwischen uns und ich kann einfach nicht aufhören, mich zu fragen, ob es richtig gewesen wäre, ihn zu küssen.

»Hältst du mich jetzt für verrückt?«, wage ich zu fragen, weil ich nicht noch mehr Unausgesprochenes mit nach Hause nehmen kann, das sich nachts auf mein Kissen legt, sich um meine Kehle schlingt wie eine giftige Pflanze und mir Atem und Schlaf raubt.

Er lächelt, doch seine Augen bleiben ernst. »Nicht mehr als sowieso schon.«

»Bis bald, Lars. Man sieht sich.« Mit gesenktem Blick gehe ich an ihm vorbei. Auf der letzten Treppenstufe bleibe ich stehen, weil er mich ruft.

»Ja?«

»Man sieht sich. Ist das alles?«

Das warme Licht im Flur umspielt seine Konturen und er wirkt auf mich wie ein rettender Engel, den ich leider sehr verletzt habe. Ich sehe ihm in die Augen und bemerke darin eine Tiefe, die ich keinem Gefühl zuordnen kann.

»Ich weiß nicht«, sage ich und ärgere mich über die Tränen, die ich schon wieder aufsteigen spüre. Wenn ich Glück habe, bemerkt er sie nicht.

»Ich hätte es gerne gemacht. Aber ich bezweifle, dass es dir weitergeholfen hätte. Geh nach Hause zu deinem Freund, Loni, und ruh dich aus.« Er zieht die Hand aus der Hosentasche und hebt sie zum Abschied kurz. »Gute Nacht.«

»Gute Nacht.« Mitten in meiner Drehung halte ich inne und wende mich ihm noch einmal zu. »Was hättest du gerne gemacht?«

Er presst die Lippen kurz aufeinander und sieht mich eine gefühlte Ewigkeit an, bevor er antwortet: »Dich geküsst.«

Wir starren uns weiter stumm an, bis ich mich irgendwann umdrehe und mich auf den Weg mache, in ein Zuhause, das keins mehr ist. Mein hässliches Geheimnis und die Gewissheit, dass Lars mir nie verzeihen wird, wenn er die Wahrheit erstmal kennt, schmerzen bei jedem Schritt.

Kapitel 17

Erleichtert schließe ich die Tür auf. Ich bin es nicht gewohnt, zu trinken und Auto zu fahren. Bei den seltenen Gelegenheiten, bei denen ich zu viel getrunken habe, ist David immer gefahren.

Ich seufze und werfe die Schuhe achtlos in eine Ecke. Die Daunenjacke behalte ich an, weil mir auch im wohlig geheizten Wohnzimmer eiskalt ist. Ich schalte das Licht ein, dimme es aber sogleich, weil es in meinen Augen brennt. Erst da bemerke ich das rot blinkende Lämpchen am Anrufbeantworter.

Ich grüble. Wer könnte mir eine Nachricht hinterlassen haben? David, weil er uns noch eine Chance geben will? Mein Vater, weil es Neuigkeiten von meiner Mutter gibt? Kate, oder vielleicht jemand aus der Schule? Verbittert erinnere ich mich daran, dass ich in letzter Zeit zu viele Menschen vor den Kopf gestoßen habe. Einen Moment lang hoffe ich, dass es Lars ist, aber dann fällt mir ein, dass er nur meine Handynummer hat.

Müde schleppe ich mich zum Gerät und drücke die Abhörtaste.

Eine Stimme informiert mich emotionslos darüber, dass ich eine neue Nachricht habe. Ich lasse mich auf den Sessel fallen und erkenne erst, dass es Pias Ehemann ist, der stotternd, schwer atmend und schniefend zu mir beziehungsweise meinem Anrufbeantworter spricht. Ich muss die Nachricht noch vier weitere Male wiederholen, bis ich verstanden habe, dass etwas Schreckliches passiert ist: Pias Baby ist viel zu früh auf die Welt gekommen. Während es Pia den Umständen entsprechend gut geht, kämpft das kleine Mädchen, dem sie den Namen Livia gegeben haben, auf der neonatologischen Station ums Überleben.

Ich presse die Hand auf den Mund und renne ins Badezimmer, wo ich mich übergebe und mich anschließend weinend auf den kalten Fliesen zusammenkrümme und mir die Ohren zuhalte. Meine Gedanken jonglieren mit Fragen, die eine neue Welle der Übelkeit hervorrufen. Was, wenn Pias Baby stirbt? Kann ich ihr dann jemals wieder in die Augen schauen, ich, die ihr Kind freiwillig weggegeben hat? Was weiß der Detektiv? Vielleicht lebt mein Kind gar nicht mehr? Ein lauter Schrei hallt durch das Badezimmer. Als ich bemerke, dass es meiner ist, presse ich mir die Hand auf den Mund und schluchze auf. Muss es mich überhaupt geben? Wer braucht mich denn schon? Ich suhle mich auf dem Boden und schließe mich in einer Blase aus Selbsthass ein. Wie soll es jetzt weitergehen? Zu wem kann ich denn noch? Kate fällt weg, weil ich befürchte, dass sie meinen Vater und meinen Bruder sofort alarmieren würde, wenn sie mich in diesem Zustand sehen würde. Loreen, Marlies und Robert habe ich wohl vergrault, das habe ich mir selbst zuzuschreiben. David will mich nicht mehr und Lars' tiefe Blicke ertrage ich keine Sekunde länger. Du hast niemanden. Du bist allein und wertlos. Das ist deine Strafe dafür, dass du deiner Mutter und deinem Kind so Grausames angetan hast.

»Sei still, sei endlich still!«, brülle ich durch das Badezimmer und erhalte die Worte schallend zurück. Was soll ich nur machen? Alles war gut. So viele Jahre und nun auf einmal zerbricht einfach alles.

»Loni! Hier bist du!« Ich blinzle durch meine Tränen hindurch und erkenne David, der sich mit blasser Miene auf mich stürzt, mich hochhievt und festhält, damit ich halbwegs gerade sitze.

»Loni! Sprich mit mir! Was ist passiert? Mit wem hast du da gerade geredet?«

Ich starre vor mich hin. »Du riechst so gut, David. So nach Schutz und Liebe. Und ich? Ich hätte Lars heute geküsst, wenn er es gewollt hätte, weißt du.« Meine Stimme versagt und ein Kratzen im Hals bringt mich zum Husten.

»Ich hole dir ein Glas Wasser.« David legt mich behutsam auf den Boden zurück, was ich in meiner grenzenlosen Erschöpfung einfach passieren lasse. Dann bringt er mir meinen mit Wasser gefüllten Zahnputzbecher und hilft mir wieder hoch. Die kühle Flüssigkeit tut meinem Hals und meinem Kreislauf gut.

»Wer ist Lars?«, fragt er in die Stille hinein.

»Steht dein Becher eigentlich noch hier?«, krächze ich, ohne auf seine Frage einzugehen. »Ich habe gar nicht darauf geachtet, ob du ihn schon mitgenommen hast. Wo du doch jetzt nicht mehr hier wohnst.«

»Du solltest dich hinlegen.« Er zieht mich sanft hoch und stützt mich, als er merkt, dass meine Beine mich nicht tragen können.

Ich lache bitter. »Ich lag eben lange genug.«

Ich sehe, wie David den Raum mustert. Ein dünnes Rinnsal Erbrochenes klebt an der Toilettenschüssel. Erst jetzt bemerke ich den säuerlichen Geruch in der Luft.

»Ich muss schrecklich aussehen. Bitte verzeih.«

»Schon gut. Ich bringe dich ins Bett und kümmere mich um das Bad.«

Bevor ich protestieren kann, hebt er mich hoch und trägt mich ins Schlafzimmer. Als er mich zudeckt, liegt so viel Zuneigung in seinem Blick, dass ich wegsehen muss.

Er setzt sich an den Rand des Bettes. »Ich weiß, du wolltest bis zu den Weihnachtsferien warten und dann zu Pia, um dich zu erholen. Aber ich denke, so lange solltest du nicht warten.«

»Ich kann sowieso nicht zu Pia.« Ich verziehe das Gesicht.

David wartet stumm ab, bis ich weiterspreche. »Ihr Kind ist viel zu früh auf die Welt gekommen und stirbt vielleicht.« Erneut rinnen Tränen über meine Wangen. Ich erinnere mich an den Moment der Geburt meines kleinen Wesens und es fühlt sich an, als hätte ich ihn einfach weggeworfen.

»Das tut mir schrecklich leid. Aber bestimmt wird alles gut.«

»Ja, so bist du. Du glaubst immer daran, dass alles gut wird. Aber so läuft es nicht im Leben.«

David mustert mich mit ruhigem Blick. »Ich besorge dir einen Krankenschein und du versprichst mir, dich um einen Termin bei einem Psychologen zu kümmern, okay?«

»Wie kommst du darauf, dass ich psychologische Hilfe brauche?«, murmele ich und ziehe mir die Decke bis zum Hals.

David seufzt. »Du hast dich in letzter Zeit sehr verändert. Ich denke, du solltest dich medizinisch durchchecken und psychologisch beraten lassen.«

»Du glaubst, ich bin verrückt, oder?«

»Das habe ich nicht gesagt. Aber du wirkst verwirrt und antriebslos und so … verschlossen. So kenne ich dich gar nicht.«

Ich richte mich auf und presse den Rücken gegen das Kissen. »Das ist es ja gerade. Du kennst mich gar nicht. Und ich verdiene dich nicht. Was machst du überhaupt hier?«

»Loni, lass es gut sein.«

»Nein, sag es mir! Warum bist du hergekommen?«

Ich sehe, wie Tränen in seine Augen steigen. »Weil ich dich liebe«, sagt er heiser.

»Du liebst mich also!«, rufe ich und werfe die Arme theatralisch in die Luft, ohne zu verstehen, wo ich auf einmal die Energie dafür herhabe. »Soll ich dir denn mal verraten, wen du liebst?«

»Ich denke, du solltest dich zuerst ausruhen.«

»Nein, diesmal mache ich keinen Rückzieher.« Ich schlucke hart. »Die Wahrheit ist: Ich bin ein grausames Scheusal.«

David fährt sich durch die Haare. »Wenn das mit diesem Lars zu tun hat …«

»Ja das hat es«, unterbreche ich ihn.

Er atmet schwer und reibt seine Augen. »Wenn du dich in einen anderen Mann verliebt hast, muss ich das akzeptieren.«

»Hör doch auf, so scheißnett zu sein!«, schreie ich und ringe um Atem. »Du hast ja keine Ahnung!«, keuche ich und huste.

»Soll ich einen Krankenwagen rufen?« David streichelt meine Hand.

»Nein!« Ich schlage seine Hand weg. »Und ich sage dir auch, warum! Ein Krankenwagen kann mir auch nicht dabei helfen, mein Kind zu finden, das ich mit siebzehn einfach weggegeben habe. Das kann höchstens dieser Detektiv, aber ich traue mich nicht, ihn anzurufen. Gar nichts traue ich mich. Ich war mutig genug, Lars im Gefängnis hängenzulassen und mein Kind abzuschieben, aber seit Jahren schon bin ich nichts außer feige und verlogen! Ich hab mir etwas vorgemacht. Von wegen Neuanfang und einfach alles verdrängen und vergessen. Und meine Freundinnen müssen dafür büßen und dürfen keine Mütter sein! Nicht mal meine eigene Mutter darf Mutter sein, vielleicht als Strafe, weil sie jemanden wie mich in die Welt gesetzt hat!«

David steht auf und weicht meinem fordernden Blick aus. »Du bist irrational.«

Ich werfe die Decke zurück. »Ist das deine einzige Reaktion? Du verstehst gar nichts! Seit wir in Holland waren, höre ich ständig diese Stimme, die mich fragt: Wo ist dein Kind?«

Er zuckt zusammen. »Wann hast du das gehört?«

»Als ich am Strand joggen war, habe ich es das erste Mal gehört und seitdem verfolgt es mich. Es war ein Zeichen. Ich muss meinen Fehler wieder gutmachen. Mein Sohn war kein Frühchen. Und seine Geburt war nicht dramatisch, es ging dabei nur um Leben, nicht um den Tod. Er wollte leben, bei mir. Aber ich habe ihn nicht gelassen. Ein lächerlicher Strampelanzug ist alles, was ich ihm gegeben habe. Keine Liebe, keine Familie, nicht mal ein Stofftier. Nur ein Kleidungsstück, von dem ich in meiner Blödheit angenommen habe, dass es ihm Glück bringen wird, weil es orange ist.« Ich hole tief Luft. »Ich muss mein Kind finden und es Lars sagen. Ich muss …« Ich starre David an.

Er geht einen Schritt zurück. Seine Wangen sind noch blasser als zuvor und seine Miene starr. In seinen Augen glänzen Tränen.

»David?«

Doch David, der Mann, der mich zehn Jahre bedingungslos geliebt hat und dem ich gerade das Herz gebrochen habe, verlässt das Schlafzimmer, ohne ein weiteres Wort an mich zu richten oder mich auch nur anzusehen. Kurz darauf höre ich, wie er die Haustür schließt. Er schlägt sie nicht zu. Ein leises, zerbrechliches Geräusch, das kurz darauf verhallt, ist alles, was mir von ihm bleibt.

Kapitel 18

Loreens Stimme überschlägt sich vor Aufregung. »Was meinst du damit, dass du weg bist?«

»Ich bin in Holland. Da, wo ich mit David war.« Ich lege mein Handy auf den Nachttisch, schalte den Lautsprecher ein und kuschle mich ins Bett, welches das kleine Hotelzimmer fast komplett ausfüllt. »Aber in einem anderen Hotel«, füge ich schuldbewusst hinzu und sehe Davids enttäuschten Blick vor mir.

»Ich dachte, du bist krankgeschrieben?«

»Bin ich auch. Aber ich bin eben auch weg.«

Loreen wird lauter. »Du weißt schon, dass man mit Krankenschein schön zu Hause zu bleiben und auf seinem verdammten Sofa zu liegen hat?«

»Ja. Aber ich habe das Meer vermisst.« Mein Blick schweift zum Fenster. Die grauen, schweren Wolken fühlen sich an wie Verbündete, die mich nachher zum Meer begleiten werden.

»Wenn der Friedrich das rausfindet, bist du wirklich weg.«

»Pfff, der hat mich doch schon fast genötigt, mich krankschreiben zu lassen. Und wenn ich schon verrückt werde, dann wenigstens an einem schönen Ort.« Ich beiße auf meine Unterlippe und denke daran, wie ich den Krankenschein am Tag nach dem grausamen Abschied von David im Briefkasten liegen hatte. Ich will gar nicht wissen, was er seinem Bekannten, der Allgemeinmediziner ist, erzählt hat.

Loreen seufzt. »Was ist denn nur los, Loni? Ich würde dir gerne helfen, aber du lässt mich nicht.«

Ich lege eine Hand auf mein Herz, das ruhig und gleichmäßig schlägt. »Du willst mir helfen?«, wispere ich. »Ich dachte, du bist mir böse!«

»War ich auch. Aber jetzt nicht mehr. Du wirst deine Gründe haben, so schräg drauf zu sein. Ich hoffe einfach, dass du bald wieder normal bist.« Sie macht eine Pause. »Ich muss gleich in die Klasse. Dieser Job wäre echt viel angenehmer ohne die ganzen Schüler, die was von einem wollen.«

»Du bist doch nicht etwa im Lehrerzimmer?«

Sie lacht auf. »Du hast also doch Angst, dass jemand erfährt, dass du abgehauen bist. Das beruhigt mich. Aber keine Sorge, ich bin im Auto.«

»Danke, Loreen.« Ich werfe einen weiteren Blick aus dem Fenster. Der Morgen will nicht heiterer werden. Kurz erwäge ich, joggen zu gehen, zum ersten Mal seit Langem wieder. Aber mir wird schon beim Gedanken daran bange, dass ich wieder die Stimme im Wind heulen höre.

»Wofür?«

»Dafür, dass du mich nicht hasst.« Ich hieve mich aus dem Bett und schlüpfe aus dem gemütlichen Flanellpyjama. Gänsehaut fährt über meinen Körper.

»Du übertreibst.« Sie kichert. »Ach, sieh mal, wer da wieder das Unglück der ganzen Menschheit auf den Schultern tragend durch unseren Schulhof schleicht.«

Ich schnappe mir eine Jeans aus dem Koffer, den ich noch nicht ausgepackt habe. »Wovon redest du?«

»Na, unser sexy Gärtner, der so sexy gar nicht mehr ist. Er läuft rum wie ein kleiner hilfloser Junge. Man hat das Gefühl, man muss ihm eine warme Milch und einen Keks bringen, um ihn zu trösten.«

Ich ziehe mir gerade einen dicken Pullover über den Kopf und halte mitten in der Bewegung inne.

»Was? Meinst du, es geht Lars nicht gut?« Nervös binde ich mein Haar zusammen. Doch meine Locken sind heute widerspenstig und der Dutt gelingt mir nicht. Genervt werfe ich das Band in den Mülleimer in der Ecke. Ich glaube nicht mehr daran, dass die Farbe Orange mir Glück bringt. Ich weiß nicht, ob ich überhaupt noch an etwas glaube.

»Keine Ahnung, wie es ihm geht. Der sagt ja kaum etwas.«

Ich höre, wie sie aus dem Auto steigt und die Tür mit einem lauten Knall zuschlägt. »Und weg ist er. Der wird hier nie Freunde finden.«

»Vielleicht will er das gar nicht.« Ich versuche, nicht trotzig zu klingen, kann aber nicht verhindern, dass Loreens Bemerkung mich im Herzen trifft.

»Woher kennst du ihn eigentlich?«

»Wie kommst du darauf, dass ich ihn kenne?« Ich blicke mich suchend um. Wo ist eigentlich mein Schal? Ich zucke mit den Achseln. Dann muss es eben ohne gehen.

»Lonilein, ich bin weder taub noch blind. Und ich würde mir zu gerne jetzt schon anhören, welches schlüpfrige Geheimnis dich und Lars verbindet, aber leider ruft die Pflicht. Gerade jetzt, wo es spannend wird.«

Ich atme erleichtert auf. »Ich melde mich bei dir. In zwei Tagen bin ich wieder da.«

»Das will ich dir auch geraten haben.«

»Loreen?«

»Ja?«

»Danke nochmal. Dafür, dass du mich nicht verrätst, und überhaupt für alles. Es tut mir leid, dass ich dich so angefahren habe.«
»Jetzt hör schon auf und lass es dir gut gehen. Bis bald, meine liebe durchgeknallte Loni.«

Ich ziehe meine Strickjacke fester um meinen Oberkörper. Der Wind bläst mir ins Gesicht und ich verdrehe die Augen. Wie blöd muss man sein, um ohne Mantel und Schal ans Meer zu fahren? Ich stopfe meine Locken in den Kragen der Jacke und wärme so meinen Hals notdürftig. Umkehren kommt nicht infrage.

Am Strand laufe ich bis zum Wasser. Mein Blick verschmilzt mit dem Meer. Die Wellen rauschen auf mich zu und ich stelle mir in jeder einzelnen von ihnen eine Angst vor. Die, dass ich David seine Lebensfreude und seinen unbändigen Optimismus genommen habe. Die, dass Lars mich fallen lassen und verraten wird, wenn er von unserem Kind weiß. Der Gedanke, ihn zu verlieren, wo ich ihn doch gerade erst wiedergefunden habe, ist mir unerträglich. Eine neue Welle, ein anderer Gedanke. Was, wenn mich diese Wahrheit alles kostet? Wenn ich alles verliere? Hab ich das nicht schon längst? So viele Fragen und einfach keine Lösung, außer allen die Wahrheit zu sagen. Was habe ich mir nur dabei gedacht? Jugendlicher Leichtsinn war es vielleicht mit siebzehn oder achtzehn noch, aber danach? Wäre ich doch nur von Anfang an ehrlich gewesen, wenigstens zu David. Ich habe mir selbst etwas vorgemacht, habe alles runtergespielt mit positiven Gedanken und Optimismus. Ja ich war ein selbstbewusster und lebensfroher Mensch, aber nur weil ich es geschafft habe, diesen Teil von mir zu vergessen.

Eine neue Welle rast auf den Strand zu. Tränen steigen in meine Augen. Ist nicht die schlimmste Furcht von allen die, dass das eigene Kind einen hasst und nicht versteht, warum man es weggegeben hat?

Vor meinen Augen entsteht das Bild eines Kinderzimmers, verwüstet von einem Jugendlichen, der sich frustriert auf sein Bett fallen lässt und eine ihm unbekannte Frau verflucht. Blass und zerbrechlich wie aus Sand liegt er da und die Zeit rinnt an ihm vorbei und er weiß nicht, wer er ist und warum seine leiblichen Eltern ihm kein Zuhause geben wollten. Er ist zum Fremdsein verdammt. Und ich bin schuld. Die Welle ist längst verebbt, aber sie wühlt mich weiter auf und die fröhliche Stimme von Harald Melzer, wie er mir mitteilt, dass er Neuigkeiten für mich hat, erklingt in meinem Ohr. Vielleicht sollte ich ihn jetzt anrufen? Ich will gerade das Handy hervorziehen, als ich auf meiner linken Seite die Silhouette einer alten Frau ausmache. Mit wehendem Mantel kommt sie auf mich zu und zieht sich dabei die Mütze tief in die Stirn.

Ich bin überrascht, als sie vor mir stehen bleibt und mich anspricht. Ihre kleinen, blassblauen Augen wirken müde und traurig. Es kommt mir vor, als blicke sie mir direkt in die Seele. Sie spricht mit tiefer, ruhiger Stimme zu mir. Doch ich verstehe kein einziges Wort, da ich kein Holländisch kann.

»Deutsch, English?«, frage ich sie, doch sie blickt mich nur verständnislos an und schüttelt den Kopf.

»Tut mir leid.« Ich zucke mit den Achseln. »Dann kann ich Ihnen nicht weiterhelfen.«

Sie mustert mich stumm und ich lächle sie verlegen an. »Also dann, einen schönen Tag noch.« Ich schüttle den Kopf über mich selbst. Ich weiß doch, dass sie mich nicht versteht.

In ihren Augen blitzt Freude auf und sie sagt etwas. Ich sehe sie fragend an.

»Ich kann Sie wirklich nicht verstehen. Wissen Sie, ich mache hier einen Kurzurlaub. Ich brauche Zeit, um nachzudenken. Über meine Fehler und meine Zukunft.«

Der Funke in Ihren Augen erlischt und ihr Ton wird wehmütig, als sie nun wieder zu mir spricht. Sie legt ihre Hände für einen kurzen Moment an ihr Herz und hebt sie dann in Richtung Himmel. Tränen rinnen über ihre Wangen und ich kann aufgrund der Sprachbarriere nicht sagen, ob sie dem Wind oder dem Inhalt ihrer Worte geschuldet sind.

Ich folge ihrem Blick, sehe ihr dann jedoch in das von Falten überzogene Gesicht und verstehe auf einmal. Sie vermisst jemanden.

»Als ich klein war, habe ich immer daran geglaubt, dass das Meer ein Teil des Himmels ist und die Wellen eigentlich nur Wolken, die in Sekundenschnelle ihre Form ändern.« Ich weiß selbst nicht, warum ich ihr das sage, fahre aber fort: »Manchmal denke ich das heute noch.« Ich schmunzle. »Verrückt, was man sich alles einreden kann, nicht?«

Sie nickt und ich frage mich, wie es zu dieser Geste der Zustimmung kommen kann, wenn sie mich doch nicht versteht. Sie wischt über ihre Augen und mein Blick bleibt an der durchfurchten, fleckigen Haut ihrer Hände hängen.

»Ich hoffe, Sie sind nicht einsam«, sage ich. »Ist es nicht das Erstrebenswerteste im Leben, mit den richtigen Menschen zusammen alt zu werden?«

Ihre Lippen bewegen sich, aber ich höre keinen Ton.

»Aber was tut man, wenn man sie nicht findet? Oder wenn man sie verliert?«

Sie nimmt meine Hände und ich zucke angesichts dieser ungewohnten Nähe zu einer Fremden zusammen. Sie murmelt Worte in sich hinein und obwohl ich ihre Sprache nach wie vor nicht verstehe, wird mir auf einmal klar, um was es hier geht.

»Ich fahre nach Hause und kämpfe, ich verspreche es«, flüstere ich. Sie lässt meine Hände los, dreht sich um und entfernt sich mit schwebendem Gang von mir. Ich blicke ihr hinterher, bis sie nur noch ein kleiner Punkt in der Ferne und schließlich eine Erinnerung an eine seltsame Begegnung ist. Dann mache ich mich auf den Weg zum Hotel und erkläre an der Rezeption, dass ich nun doch schon am nächsten Tag abreisen werde, weil jemand mich braucht.

Kapitel 19

»Bist du da?« Fast schon mit Gewalt drücke ich ein weiteres Mal auf den Knopf der Klingel und hämmere gleichzeitig mit der anderen Hand gegen die Tür. Mit einem tiefen Seufzer gebe ich auf und lasse die Arme sinken. Er ist nicht da.

»Wo ich doch jetzt weiß, was richtig ist und endlich Mut habe«, wispere ich und blicke auf die drei Treppenstufen vor mir, die mich von Lars' Haus wegführen. Nur ihre Umrisse sind auszumachen, da die Außenbeleuchtung im Eingangsbereich nicht funktioniert und es langsam dunkel wird. Ich beschließe dennoch, nicht nach Hause zu fahren, sondern mich in die Felder in der Nähe zu begeben, um nachzudenken und auf Lars zu warten. Vielleicht ist er noch in der Schule, sage ich mir und runzle gleichzeitig die Stirn, als ich sein Auto neben der kleinen Scheune, die an sein Haus grenzt, entdecke. Ich bleibe stehen. Er ist hier. Bestimmt ist er mit dem Hund raus, denn bei meinem Klingelangriff gerade eben, hätte Becky sonst sicher laut protestiert. Dann stehen die Chancen gut, dass er auch in diese Richtung gegangen ist.

»Lars!«, rufe ich. »Wo bist du?«

Meine Worte verhallen im Nichts. Ich renne zurück zum Haus und klingle erneut Sturm. »Lars!« Immer noch keine Antwort. Aber warum spüre ich dann seine Gegenwart? Verliere ich nun vollends den

Verstand? Verrenne ich mich gerade in etwas? Ich laufe um das Haus herum, steige über die kleine Mauer hinter dem Haus und gelange so in seinen Garten, der sogar in der Dunkelheit etwas Magisches und Anmutiges hat. Auf der Suche nach einem Licht oder einem geöffneten Fenster blicke ich mich hastig um. Und tatsächlich bemerke ich hinter der Glastür, die direkt ins Wohnzimmer führt, ein gedämmtes Tischlicht. Ich schlage mit beiden Händen gegen die Glasfläche. »Lars! Bist du da?« Ich kneife die Augen zusammen. Auf einer Decke in der hinteren Ecke des Zimmers liegt Becky und schläft. Seltsam, ich kenne mich nicht mit Hunden aus, aber müsste sie nicht auf den Krach, den ich hier mache, reagieren?

»Loni? Ist alles in Ordnung?«

Abrupt drehe ich mich um und traue meinen Augen kaum.

»David! Was machst du denn hier?« Es zerreißt mir das Herz, wie er so im Halbdunkel dasteht, mit hängenden Schultern und leerem Blick. Sein Haar sieht ungekämmt aus und sein Mund, der von Bartstoppeln umgeben ist, hat einen traurigen Zug angenommen. Mir wird bewusst, wie sehr ich sein Lächeln vermisse.

»Ich wollte dich sehen. Mich entschuldigen. Ich hätte nicht einfach so weggehen sollen.«

Er deutet auf das Haus. »Kate hat mir gesagt, dass ich dich wohl hier finden kann. Weil du … ihn magst.«

Ich ignoriere seinen letzten Satz. »Du willst dich entschuldigen?«, frage ich ungläubig. »Müsste es nicht eher umgekehrt sein?«

Er sieht mich eine Weile stumm an. »Ich war auch nicht ganz ehrlich zu dir«, sagt er und seine Stimme wirkt dabei so zart, dass ich gegen den Impuls ankämpfen muss, ihn in meine Arme zu ziehen. Darf ich das eigentlich nicht mehr? Was ist er für mich?

»Aber ich habe wohl einen schlechten Moment für meine Beichte erwischt.« Er hebt die Hand, als wolle er mich an der Schulter berühren, lässt sie aber wieder sinken. »Hast du dich ausgesperrt?«

»Was? Nein! Ich wohne doch nicht hier!« Irgendwie habe ich das Gefühl, mich rechtfertigen zu müssen, damit er nicht denkt, ich hätte ihn so schnell durch einen anderen Mann ersetzt und so erkläre ich ihm in wenigen Sätzen, dass ich das Gefühl habe, ins Haus zu müssen, um mich zu vergewissern, dass nichts passiert ist.

»Ich meine, ist es nicht seltsam, dass der Hund nicht reagiert?«, füge ich hinzu.

David nickt. »Allerdings.« Blitzschnell sucht er sich einen dicken Stein und noch bevor ich etwas sagen kann, schlägt er die Glastür ein. Da das Haus in der Einsamkeit liegt, hätte ich eigentlich mit einer Alarmanlage gerechnet, aber Fehlanzeige. David bearbeitet das Glas und kurz darauf sind wir im Haus. Ich schalte das Licht ein und reiße die Augen auf. Erst jetzt bemerke ich, dass das Zimmer verwüstet ist. Auf dem Tisch liegt eine umgekippte Flasche Whiskey, deren Inhalt den Teppich durchweicht hat. Neben dem Sofa liegen Lars' Jacke, ein gebrauchtes Taschentuch, ein Schlüsselbund und seltsamerweise eine große Tüte Hundefutter, deren Inhalt sich über den gesamten Boden verteilt hat. Eine Schranktür steht auf und offenbart den Blick auf ein paar Flaschen. Ein leerer Nagel ragt aus der Wand und darunter liegt ein zerbrochener Bilderrahmen. Ich bücke mich drüber. Es ist das Bild mit Lars und der Sonnenblume. Es ist zerrissen. Mir wird mulmig. Ich sehe mich weiter um und entdecke David, der sich gerade an einen halb gekippten Sessel mit undefinierbaren Flecken auf dem Polster lehnt, dann aber das Gesicht verzieht und einen Schritt zurückweicht. Ein unangenehmer Geruch liegt in der Luft, in den sich aber glücklicherweise die frische Luft mischt, die sich von draußen durch die zerbrochene Glastür stiehlt. Mein Blick fällt auf seine Hand.

»Du blutest!« David lächelt müde und blickt auf seine verletzte Hand. »Ich habe keine Erfahrung im Einbrechen, weißt du. Aber halb so wild. Ich finde hier bestimmt ein Tuch, mit dem ich die Blutung stillen kann.«

Ich schlucke. Was ist hier passiert? In was für einen Wahnsinn habe ich David mit hineingezogen? Das hast du sowieso schon. Ich schließe die Augen. »Ich bin stark, ich schaffe das alles hier!«, beruhige ich mich selbst und wiederhole diesen Satz wispernd.

»Der Hund ist tot!«, ruft David auf einmal und kommt aus der Hocke hoch.

»Was! Oh mein Gott! Wurde er etwa … Müssen wir nicht die Polizei rufen?« Ich sehe Blut auf Beckys Fell und schlage beide Hände vor den Mund. War es Leichtsinn, sich ins Haus zu begeben? Was, wenn hier gerade ein Verbrechen stattgefunden hat und der Täter noch hier ist? Mir wird schlagartig schlecht.

David kommt zu mir. »Er weist keine äußeren Verletzungen auf. Das Blut ist von mir, Loni. Bleib du hier. Ich muss mich um meine Wunde kümmern und dann sehe ich nach …«, er macht eine Pause und sieht dabei unglaublich traurig aus. »Lars. Vielleicht ist er ja gar nicht hier.«

Ich kann nicht sprechen, da ich gerade gegen eine Welle der Übelkeit ankämpfe und von Schuldgefühlen wie gelähmt bin. Als hätte David nicht schon genug mitgemacht! Ich sehe ihn in den Flur verschwinden und höre ihn kurz darauf meinen Namen rufen. Panisch. Immer und immer wieder.

Ich renne los. »Ich komme! Wo bist du?« Ich überlege gerade, ob ich einen Gegenstand als Waffe mitnehmen soll, für den Fall, dass

David gerade angegriffen wird, aber dann höre ich seine nächste Anweisung und weiß, dass unser Gegner ein ganz anderer Dämon ist.

»Ruf sofort einen Krankenwagen! Sag, dass es sich mit ziemlicher Wahrscheinlichkeit um eine Alkoholvergiftung handelt!«

Mit zittrigen Händen ziehe ich mein Handy aus der Hosentasche und brauche ganze vier Anläufe, bis es mir gelingt, den Notruf zu wählen. Während ich in die Küche haste, hämmern die Worte in meinem Kopf und mein Herz rast mit ihnen. Lars stirbt. Lars stirbt. Lars stirbt.

Als ich in der Küche ankomme, sehe ich ihn am Boden liegen. Alle Farbe ist aus seinem Gesicht gewichen. Lars liegt in der stabilen Seitenlage, in einer Lache aus seinem eigenen Erbrochenen, dessen Geruch sich mit dem von Alkohol vermischt. Ich versuche vergeblich, meinen Würgreflex zu unterdrücken. Ab da sehe ich nur noch verschwommen, wie David, mittlerweile mit improvisiertem Verband, sich über Lars beugt und immer wieder seinen Atem kontrolliert. Er redet auf ihn ein, aber ich verstehe kein einziges Wort. Alles kommt mir so unwirklich vor.

»Er atmet noch eigenständig!«, ruft er und ich zucke zusammen. »Ist der Krankenwagen unterwegs?«

Ich nicke stumm.

»Gut gemacht. Wir bleiben bei ihm und kontrollieren seinen Atem. Wenn es nötig ist, werden wir ihn beatmen, okay?« Er sieht mir tief in die Augen. »Vielleicht solltest du mit ihm sprechen. Dich kennt er.« Er sagt es ganz ohne Vorwürfe und Tränen der Dankbarkeit steigen in meine Augen. »Versuch zu ihm durchzudringen. Ich hole in der Zwischenzeit eine Decke, wir müssen ihn warmhalten.« Noch immer stehe ich so neben mir, dass ich mir vorkomme wie in einem schlechten Traum.

»Loni! Mach, was ich gesagt habe! Rede mit ihm!«

Ich verschränke meine Finger so fest ineinander, dass die Knochen durch die angespannte Haut zu sehen sind. Der Schmerz holt mich zurück in die Wirklichkeit.

Ein Ruck ergreift meinen Körper und ich stürze mich regelrecht auf Lars' leblosen Körper und klammere mich an ihn. Dass David sich entfernt, nehme ich kaum wahr, als ich nun Lars' Haare und Wange streichle.

»Du darfst nicht sterben«, schluchze ich und meine Tränen fallen auf Lars' Gesicht. »Hörst du? Du musst leben! Ich brauche dich doch! Du hast mir so gefehlt!« Ein Weinkrampf unterbricht mich. Es ist sinnlos, Lars reagiert nicht. »Ich kann dich nicht verlieren, Lars, nicht noch einmal!«, schreie ich nun. »Du hast ein Kind, Lars! Wir haben ein Kind! Einen Jungen! Und ich werde ihn für dich finden, versprochen! Wenn du nur nicht stirbst! Du musst leben, für mich und unser Kind! Ich liebe …« Ich halte inne. Ich kann die Worte, dass ich Lars liebe, nicht aussprechen. Warum nicht?

David kniet sich neben mich und legt eine Decke auf Lars und mich. Er kontrolliert ein weiteres Mal Lars' Atem. »Er atmet. Ich gehe raus und warte auf den Krankenwagen. Ruf mich, wenn was ist.«

Noch ehe ich zu ihm aufblicken kann, ist er fort. Ich setze mich auf und streichle Lars' Gesicht weiter. Als ich das Blut an seinem Pullover sehe, wird mir bewusst, was David hier gerade gemacht hat. Er hat den Mann gerettet, von dem er annimmt, dass er ihm seine Verlobte genommen hat. Er hat seinen eigenen Schmerz ignoriert, um für mich und Lars da zu sein. Wie betäubt bekomme ich mit, wie ein Sanitäter mich von Lars entfernt, eine Decke um meine Schultern legt und mich auf einen Stuhl setzt. Dann geht alles ganz schnell. Zwei Sanitäter beugen sich über Lars und nehmen Hinweise von David entgegen, dessen Wunde gleichzeitig notversorgt wird. Ihr Wortwechsel ist so schnell, dass er mein momentanes Auffassungsvermögen übersteigt. Ich sehe die ganze Zeit nur David an, der sich die Hand verbinden lässt und mich dabei ebenfalls immer wieder ansieht. Zwischen uns entsteht eine Brücke. Eine Brücke, die uns verbindet, so wie es einst war. Gemeinsam laufen wir mit nackten Füßen über eine Wiese, trinken Sekt im Bett und lieben uns danach, sind eine Einheit. Wir springen in die Wellen hinein und lassen uns lachend treiben. Wir malen uns gegenseitig Herzchen auf die Arme und duschen sie zusammen wieder ab, während wir absichtlich in schiefen Tönen Oldies singen. Wir kochen Tee und kuscheln uns unter eine Decke. Wir verlieben uns jeden Tag neu ineinander. Verloben uns. Verlieren uns und finden uns neu. Wir sind wieder da, David und ich, für diesen einen Moment gibt es uns wieder. Ich lese es in seinen Augen, ich lebe in ihm und höre erst auf damit, als der Sanitäter mich an der Schulter berührt.

»Wir fahren Ihren Freund jetzt ins Krankenhaus. Versuchen Sie, sich auszuruhen. Und machen Sie sich keine Sorgen, sein Zustand ist ernst, aber stabil.« Er deutet mit einer flüssigen Bewegung auf David und mich. »Sie beide haben alles richtig gemacht. Gut, dass Sie da waren, sonst wäre die Geschichte wohl weniger gut ausgegangen.«

»Danke!«, krächze ich mit trockenem Mund. Der Sanitäter nickt David und mir ein letztes Mal zu und kurz darauf hören wir einen anspringenden Motor und Sirenengeheul vor der Tür. Mir fällt eine unglaubliche Last von den Schultern und es kommt mir vor, als hätte ich die ganze Zeit über den Atem angehalten.

»Ich decke den Hund zu und erkundige mich, was mit ihm zu machen ist.« Der Augenblick von eben hat sich in Luft aufgelöst und David klingt ganz nüchtern und resigniert, als er nun aufsteht. »Und um die kaputte Glastür kümmere ich mich auch noch.«

»Lass sein. Es wird langsam spät und du bist verletzt. Wir beschäftigen uns morgen damit. Lass uns jetzt nach Hause fahren.« Ich erschaudere, als die Bedeutung meiner Worte mir bewusst wird. Ich will ihn heute Nacht bei mir haben. In unserem Zuhause.

»Wie du meinst. Ich fahre dich. Morgen holen wir dein Auto und dann kannst du ihn bestimmt gleich im Anschluss besuchen. Der Sanitäter meinte, er wird sich schnell erholen.«

»David?«

»Ja?«

»Danke.«

Er lächelt kaum merklich. »Schon gut.«

»Für mich ist es nicht selbstverständlich, dass du mir geholfen hast … und Lars. Ausgerechnet ihm.« Ich stehe nun ebenfalls auf.

»Ach was, das hätte jeder getan.« Er dreht sich um, wendet sich mir dann aber noch einmal zu. Unschlüssig mustert er mich.

»Loni, ich wollte dir noch sagen, dass ich dich gehen lasse. Es fällt mir sehr schwer, das zu sagen. Aber ich respektiere deine Entscheidung und will kein böses Blut zwischen uns. Ich gebe zu, ich verstehe nicht ganz, warum das alles so passiert, weil ich wirklich dachte, dass wir füreinander gemacht sind. Aber du wirst wissen, was richtig für dich ist.« Er seufzt und nestelt an seinem Verband. »Du hast eine spezielle Geschichte mit Lars und ich kann das wohl nicht verstehen. Ich habe keine Kinder und außer dir auch noch keine Frau so wirklich geliebt.« Sein Blick wird trüb und er fährt sich mit beiden Händen über das Gesicht. »Lass uns fahren.«

Ich will ihm so viel sagen. Aber habe ich das Recht dazu? Die Worte verebben unausgesprochen in meinem Inneren, getragen von Wellen der Liebe, die mein Herz durchfluten. Ich verliere mich in ihnen und der Gewissheit, dass ich immer nur zu David gehört habe. Und zum ersten Mal fühle ich mich beim Gedanken an Lars nicht schuldig. Es ist kein Fehler, David zu lieben, es war nie einer, ich wollte es nur nicht sehen, gefangen in dem Bewusstsein, für Lars' Glück verantwortlich zu sein. Aber kann ich das jetzt einfach sagen? Nach allem, was David wegen mir durchgemacht hat? Ich grüble, während ich David durch den Flur folge.

Als wir im Auto sitzen, wage ich einen Versuch. »David?«

»Ja?« Er fährt los und sieht noch erschöpfter aus als zuvor. Seine Gesichtszüge schreiben die Geschichte einer verlorenen Liebe. Er blickt konzentriert auf die Straße. Es ist mittlerweile richtig dunkel. Ich habe jegliches Zeitgefühl verloren und es interessiert mich nicht einmal, wie spät es gerade ist. Hauptsache, es ist nicht zu spät für ihn und mich.

»Kommst du mit nach Hause?« Ich halte die Luft an, bevor ich weiterspreche. David starrt vor sich hin und hält das Lenkrad so fest, als wäre er auf hoher See und müsste sich daran festklammern, um nicht zu ertrinken. »Bleibst du heute Nacht bei mir? Und all die anderen Nächte auch?«

Er setzt den Blinker und fährt an den Rand der Landstraße, die uns finster anblickt. Als er sich mir zuwendet, sehe ich, dass er weint. Leise Tränen, die Abschiedsschmerz in sich tragen. Mein Herz wird schwer.

»Du bist durcheinander wegen heute Abend. Und du bist erleichtert, dass Lars wieder gesund wird. Ich verstehe, dass du mir dankbar bist und ich weiß auch zu schätzen, dass du mir nicht wehtun willst. Aber sei ehrlich zu dir selbst, Loni. Du hast dich längst entschieden. Du willst zu Lars und du willst dein Kind finden. Das hast du vorhin ganz deutlich gemacht. Also lass es gut sein.«

»Bitte gib mir noch eine Chance. Ich weiß, ich habe vorhin das Gegenteil von dem gesagt, was ich eigentlich will. Aber ich hatte Angst um Lars, mehr nicht. Hast du denn vorhin in der Küche nicht dasselbe gefühlt wie ich? Uns! Hast du uns nicht gespürt?« Ich breche nun auch in Tränen aus. Hat dieser Albtraum denn nie ein Ende?

»So einfach geht das nicht. Du musst dich erstmal selbst finden, bevor du erkennen kannst, was du willst. Sei mir nicht böse, aber ich brauche erstmal Abstand. Das ist mir alles zu viel gerade.« Er wischt seine Augen mit seinem Ärmel ab und fährt zurück auf die Straße.

»Ich verstehe.« Stumm weine ich vor mich hin, während jede Minute mich weiter von David entfernt. Keiner von uns beiden spricht für den Rest der Fahrt auch nur ein Wort. Es ist vorbei. Ich habe verloren.

Als das Auto anhält, erkenne ich erstaunt, dass David nicht nach Hause gefahren ist.

»Warum zu Kate?«

»Ich denke, du solltest jetzt nicht allein sein. Und sie kann morgen dein Auto mit dir holen.«

»Aber was ist mit dir? Wohnst du immer noch bei Jenny? Ich will nicht, dass du allein bist.«

»Ja, ich wohne bei ihr.«

Ich löse den Sicherheitsgurt und komme nicht umhin, mich zu fragen, was er mir sagen wollte, als er plötzlich bei Lars aufgetaucht ist.

»Pass auf dich auf«, flüstere ich und öffne die Autotür mit einem seltsamen Druck im Herzen.

»Ich nehme mir bald ein paar Tage frei und fahre zu meinen Eltern. Mach dir um mich keine Sorgen.«

»Wirst du dich bei mir melden?«

»Bestimmt. Aber nicht in nächster Zeit.« David hebt die Hand und winkt mir kaum merklich zu. Dabei verzieht er den Mund zu einem schiefen Lächeln, das seine Augen nicht erreicht.

Ich nicke und schlucke die Tränen runter, die sich meiner schon wieder bemächtigen wollen. Ich nehme allen Mut zusammen und sehe David direkt in die Augen.

»Du wirst immer das Beste bleiben, was mir je passiert ist«, erkläre ich mit erstaunlich fester Stimme. »Ich habe es nur zu spät erkannt.«

David sieht an mir vorbei. »Danke. Mach's gut, Loni.«

Kapitel 20

Noch bevor ich die Wohnung betrete, falle ich meinem Bruder in die Arme. »Alles ist verloren«, schluchze ich.

»Loni!« Kate schlittert in ihren flauschigen Pantoffeln durch den Gang und wenn die Situation eine andere gewesen wäre, hätte mich ihr Anblick sicherlich zum Lachen gebracht. Sie zieht mich zu sich und drückt mich an ihren sonnengelben Bademantel.

»Komm erstmal rein. Was ist passiert? Thomas, mach uns einen Tee, ja?« Kate bugsiert mich auf das Sofa, wo ich erneut in Tränen ausbreche.

»Ich kann nicht mehr. Lars hat eine Alkoholvergiftung und ist im Krankenhaus.«

»Was?«, ruft Kate entsetzt. »Er wird doch aber wieder, oder?«

»Ich glaube schon. Aber weißt du, was die Sache noch schlimmer macht?«

Kate nimmt meine Hand. »Nun sag nicht, es sieht nach Selbstmord aus? Ich war ja nie so wirklich begeistert von Lars, aber das wünsche ich ihm wirklich nicht.«

Ich zucke mit den Achseln. »Darüber habe ich ehrlich gesagt noch gar nicht nachgedacht.« Thomas stellt zwei dampfende Tassen vor uns auf den Tisch und setzt sich mir gegenüber auf den Boden.

»Aber glücklich ist er wohl nicht, sonst hätte er nicht so viel getrunken.«

»War er noch ansprechbar?«, will Thomas wissen.

Ich schüttle den Kopf. »Das hat mich aber nicht daran gehindert, ihm von seinem Kind zu erzählen. Lächerlich, oder? Er muss erst bewusstlos sein, bis ich ehrlich zu ihm bin.«

Kate drückt meine Hand. »Sei nicht so streng mit dir. Die Situation ist verdammt kompliziert.«

»Ja, aber du weißt noch nicht alles.« Ich hole tief Luft. »David hat ihm das Leben gerettet. Und mir dann gesagt, dass er keine Zukunft für uns sieht. Dabei liebe ich ihn doch.« Mir schießen wieder Tränen in die Augen und ich kann nicht weitersprechen, meine Kehle ist wie zugeschnürt.

Kate hebt beide Hände. »Was? Ich dachte, David sucht dich, weil er um dich kämpfen will?« Sie legt ihre Hände an ihr Herz. »Bin ich denn zu romantisch? Ich dachte echt, ihr beide findet wieder zusammen. Ich hätte nicht gedacht, dass David so schnell aufgibt.«

»Das hat er nicht«, sagt mein Bruder auf einmal laut und Kate und ich blicken überrascht auf. »David weiß schon lange, dass du ihn nicht mehr so liebst wie er dich. Und was hat er gemacht? Geduldig gewartet und darauf vertraut, dass du dich für ihn entscheidest. Aber ich schätze, er hat jetzt erkannt, dass es keinen Sinn mehr hat, noch länger zu hoffen.«

»Aber das ist es ja gerade!« Ich stehe auf und laufe durch das Zimmer, gefolgt von den Blicken meines Bruders und meiner Freundin. »Ich habe es doch jetzt verstanden! Die Worte, die ich am Strand habe flüstern hören, haben mich verwirrt und dann war Lars auf einmal da und diese Stimme hat mir keine Ruhe gelassen und ich dachte, das alles wären Zeichen dafür, dass ich endlich zu der Vergangenheit stehen muss, unser Kind finden und alles wieder gutmachen soll.«

Kate mustert mich betreten, sieht dann weg und beschäftigt sich mit ihrem Tee. »Vielleicht hast du dich einfach nur geirrt«, sagt sie mehr zu ihrer Tasse als zu mir.

»Natürlich hat sie sich geirrt!«, ruft Thomas aufgebracht. »Sie spinnt! Ganz einfach! Sie hört Stimmen und hält sie für Botschaften, ich bitte dich, normal ist das ja wohl nicht!«

Kate errötet. »Wahrscheinlich ist das alles Schicksal. Damit die Wahrheit ans Licht kommt und Loni sich nicht länger Vorwürfe machen muss.« Sie räuspert sich. »Damit sie erkennt, wer ihre wahre Liebe ist.«

»Also bitte! Schicksal! Wahre Liebe!« Er gestikuliert wild. »Sie muss sich Vorwürfe machen! Sie hat David vor den Kopf gestoßen, wie Dreck hat sie ihn behandelt, den gutmütigsten Menschen der Welt! Und sie hat es sogar fertiggebracht, unsere Mutter aufzuwühlen!«

»Jetzt reicht es aber! Könnt ihr mal aufhören, euch zu streiten und über mich zu sprechen, als sei ich gar nicht da?« Ich lehne mich an die Wand. »Und nur, falls es dich interessiert, Thomas: Ich weiß selbst gut genug, dass ich gerade alles falsch mache! Und ich bin sicher nicht stolz darauf! Aber könntest du dich für einen Moment in meine Lage versetzen und versuchen zu verstehen, dass das alles sehr schwer für mich ist?« Ich lasse mich auf den Boden sinken und verstecke mein Gesicht hinter meinen Händen. Ich spüre, wie Kate sich neben mich setzt und mein Haar streichelt.

»Ich verstehe dich«, flüstert sie.

»Er gehört doch zu mir, er ist mein Zuhause«, schluchze ich.

»Wer jetzt?«, giftet Thomas mich an. »Bei dir weiß man das ja nicht immer so genau!«

»Lass sie doch mal in Ruhe!«, schreit Kate. »Sei doch nicht so ein unsensibler Klotz! Sie ist deine Schwester!«

Ich linse durch meine Finger und sehe ihn auf mich zukommen. Fast schon befürchte ich, dass er mich an den Schultern packen und schütteln wird, aber ich irre mich. Er kniet sich vor mir hin und nimmt meine Hände vom Gesicht.

»Kate hat recht. Ich hätte dich nicht so anfahren sollen. Es ist nur …« Er seufzt. »Das mit euch hätte funktioniert. Ich habe unzählige Gespräche mit David hinter mir, ich habe immer versucht, ihm Mut zu machen und ihm erklärt, dass die Sache mit dem Kind dich einfach belastet und dass der Heiratsantrag vielleicht nicht zum richtigen Zeitpunkt gekommen ist. Ich bin immer noch der Meinung, er hätte dich nicht fragen dürfen, wenn er doch wusste, dass du ein riesiges Geheimnis mit dir herumschleppst, aber er hat einfach daran geglaubt, dass du dich ihm öffnen würdest in Holland und …«

»Was?«, unterbreche ich ihn. »David wusste von meinem Kind, als er mir den Heiratsantrag gemacht hat?« Ein Druck in meiner Brust hindert mich daran, tief zu atmen und ich schnappe nach Luft. »Von dir?« Ich sehe ihm in die Augen. »Du hast mich verraten«, stelle ich fest und mein sachlicher Ton erschreckt mich. »Wie konntest du das tun?«

Thomas verzieht das Gesicht und ringt um Fassung. Ich kenne ihn zu gut, er weint nicht vor anderen.

»Er ist mein bester Freund und der positivste Mensch, den ich kenne. Ohne ihn wäre ich längst untergegangen.«

»Das ist trotzdem kein Grund, mich zu hintergehen.« Ich lehne meinen Kopf an Kates Schulter, die an ihren Lippen herumknabbert.

»Vor ein paar Monaten haben wir etwas zu viel getrunken und ich war total schlecht drauf, weil Kate gerade wieder erfahren hatte, dass sie nicht schwanger ist. Das war natürlich das große Thema des Abends und David hat mich aufgefangen. Und schließlich hat es mich so frustriert, dass er dich nicht mal richtig kennt, und da habe ich es ihm gesagt. Und ich habe es nicht bereut. Das tue ich auch jetzt nicht. Er hat es nicht verdient, dass man ihn so belügt. Besonders nicht du. Er liebt dich wie verrückt. Und das selbst, nachdem ich es ihm erzählt habe. Ist das nicht viel mehr Wert als mich jetzt dafür zu hassen, die Wahrheit gesagt zu haben, die du dich nie getraut hast zu sagen?«

Wir schweigen alle drei. Ich denke an den Moment vorhin in der Küche, als ich mich mit David eins gefühlt habe. Sehe sein Lächeln vor mir, das Zuhause immer auf mich gewartet hat. Seine strahlenden Augen, mit denen er mich angesehen hat. Ich spüre seine Umarmung und seinen unerschütterlichen Glauben an das Gute. Und auf einmal weiß ich, dass ich nicht hier rumsitzen und heulen sollte. Alles ergibt auf einmal einen Sinn. Er ist so ruhig geblieben, als in der Nacht alles aus mir herausgeplatzt ist und obwohl er es wusste, wollte er mich heiraten.

»Ich muss zu ihm«, sage ich und stehe auf.

»Das ehrt dich, aber es ist mitten in der Nacht«, erinnert mich Thomas. »Du würdest Jenny und die Kinder wecken, keine gute Idee. Schlaf drüber und entscheide morgen, was du machst.«

»Nein, ich habe keine Zeit«, erkläre ich bestimmt. »Also, wer von euch leiht mir sein Auto?«

»Moment mal! Was ist mit Lars und dem Kind?« Kate steht nun ebenfalls auf.

»Das wird sich zeigen.« Ich lächle. »Ich vertraue darauf, dass alles gut wird.«

Kate drückt mir einen Kuss auf und hält beide Daumen hoch. »Da ist sie wieder, meine Loni.« Sie kramt in einer Schublade herum und wirft mir kurz darauf ihren Autoschlüssel zu. »Und jetzt mach dich schon auf den Weg!«

Ich gehe in den Flur, aber Kate ruft mich zurück. »Soll ich dir meine Kette mit den orangefarbenen Perlen leihen?«

Ich winke ab. »Nein, ich brauche keine Glücksfarbe mehr. Ich brauche nur David.«

Sie macht den Mund auf, um etwas zu sagen, aber Thomas kommt ihr zuvor, drückt mir eine Jacke in die Hände, die nicht einmal mir gehört, und schiebt mich zur Tür.

»Ich hoffe, du verzeihst mir.«

Ich umarme ihn und gebe ihm gleichzeitig einen kleinen Klaps auf den Hinterkopf. »Eigentlich bin ich dir sogar dankbar.«

Kapitel 21

»Ist David da?«, frage ich und kann nicht verhindern, dass meine Stimme zittert. Jenny runzelt die Stirn und geht einen Schritt rückwärts, damit ich eintreten kann. Sie pfriemelt am Kragen ihres Pyjamas und weicht meinem Blick gekonnt aus. Mir fällt auf, dass ich sie schon ewig nicht mehr gesehen habe. Sie hat ihr rotes Haar kurz geschnitten und hat abgenommen, ob freiwillig oder vor Stress, kann ich nicht sagen.

»Ich habe dich bestimmt geweckt, tut mir leid.« Ich stelle meine Schuhe im Flur ordentlich neben ein paar grüne Kinderturnschuhe. Ich komme mir fehl am Platz vor. Vielleicht hätte ich doch bis morgen warten sollen. Was erwarte ich mir eigentlich von meinem Besuch hier? Dass David mir einfach in die Arme fällt, als wäre nichts gewesen?

»Schon gut«, murrt Jenny, »ich konnte sowieso nicht schlafen.«

Sie deutet auf die Wohnzimmertür und ich muss daran denken, wie oft wir hier zusammen gefeiert haben. Als ihre Ehe noch intakt war und Jenny nicht diese eingefallenen Wangen und den harten Zug um den Mund hatte.

»Er schläft auf der Couch«, sagt sie und will sich schon abwenden, als ich sie am Arm packe. Zum ersten Mal sieht sie mir in die Augen und ich bemerke, wie glanzlos ihre eigenen sind.

»Ich weiß, du hast es gerade sehr schwer. Aber ich habe dich immer für deine Stärke bewundert und bin mir sicher, dass du auch das hier schaffen wirst. Ich verstehe, dass ich gerade nicht die Person bin, der du dich anvertrauen willst. Aber du sollst wissen, dass ich für dich da bin, wenn du mich brauchst. Sogar wenn …« Ich halte inne. »David und ich nicht mehr …« Ich kann nicht weitersprechen. Stumm sehen wir uns an, bis sie auf einmal nickt und mir sanft ihren Arm entzieht.
»Danke.« Sie geht in Richtung ihres Schlafzimmers, dreht sich dann aber noch einmal zu mir um. »Und viel Glück.« Sie knipst das Licht im Flur aus. Kurz darauf höre ich, wie sie die Tür schließt.

Der Vorhang ist nicht zugezogen und der Mond taucht das Wohnzimmer in ein unheimliches Licht. Die dunklen Möbel sind kaum auszumachen und ich stehe unschlüssig im Türrahmen. Soll ich einfach reingehen? Das Licht anknipsen? Oder besser einfach wieder verschwinden? Ich zwinge mich zu bleiben. Noch immer brennt dieser Funke in mir. Ich muss mit ihm sprechen.
»David?«, flüstere ich und wage mich einen Schritt vor.
Keine Antwort. Ich lausche in die Stille hinein. Keine tiefen, regelmäßigen Atemzüge, nichts. Eine Ahnung überkommt mich und ich taste fieberhaft an der Wand nach dem Lichtschalter. Als ich ihn endlich finde, bekomme ich Gewissheit: David ist nicht hier. Kissen und Decke liegen zerwühlt auf dem Sofa, ansonsten weist nichts darauf hin, dass er hier war.
Ich überlege, ob ich Jenny um Rat fragen soll, aber dann fällt mir ein, dass sie ja davon ausgegangen ist, dass er hier ist. Außerdem will ich sie nicht noch einmal stören und will es nicht riskieren, ihre Kinder doch noch zu wecken. Möglichst geräuschlos schleiche ich über den Flur und muss mich ein weiteres Mal auf meinen Tastsinn verlassen, um meine Schuhe und die Tür zu finden. Leise ziehe ich sie

hinter mir zu und seufze resigniert. Ich war mir sicher, es hier und jetzt in Ordnung bringen zu können. Wie konnte mein Gefühl mich so trügen?

Auf der Straße ziehe ich meine Schuhe an, wobei meine Füße schon halb erfroren sind. Zum Glück habe ich Kates Jacke, die die Kälte erträglich macht. Ich steige ins Auto und ziehe den Reißverschluss bis zum Kinn zu. Dann fahre ich nach Hause, aber nicht, weil ich da so gerne bin, sondern weil ich nicht weiß, wohin ich sonst soll.

Ich erreiche das Haus wie in Trance. An die Fahrt kann ich mich kaum erinnern und auch jetzt bin ich einfach so erschöpft, dass ich befürchte, es nicht einmal bis zum Bett zu schaffen. Es ist, als ob allein die ganze Angst der letzten Stunden mich auf den Beinen gehalten hat. Jetzt weicht sie einer tiefen Schwermut und ich muss mich an der Kommode im Flur festhalten, weil mir schwindlig wird und es mir nicht gelingt, mich zu bewegen.

Versagerin! Mit einer fahrigen Bewegung blicke ich auf, wodurch der Flur sich nur noch mehr dreht. Ich überlege, ob ich zum Badezimmer kriechen soll, weil sich mein Magen gerade so zusammenzieht, aber ich habe keine Kraft dafür. Jetzt ist alles vorbei! Dein Leben ist sinnlos! Du bringst anderen nur Unglück!

Ich beginne am ganzen Körper zu zittern und die Übelkeit wird stärker. Ich taste meine Hosentaschen ab, auf der Suche nach dem Handy. Ich glaube, ich brauche einen Krankenwagen. Ich warte regelrecht auf Atemnot und Schmerzen in der Brust. Ich bin mir sicher, dass mein Kreislauf jetzt und hier versagt. Kalter Schweiß läuft über meine Stirn. Meine Finger verkrampfen sich, ich spüre mein Handy, aber ich kann es nicht hervorholen.

Auf einmal überkommt mich eine seltsame Ruhe. Ich werde nichts tun. Ich lasse mich auf den Boden sinken und schließe die Augen.

Ich konzentriere mich auf meinen Atem und mache Abmachungen mit dem Leben. Wenn Lars nicht stirbt, tue ich es auch nicht. Wenn David mich noch liebt, darf ich weiterleben. Wenn mein Kind mich kennenlernen will, kann ich gar nicht sterben.

Das war's, Loni!

»Nein.« Meine Stimme ist ganz gefasst. Weder schwach und resigniert noch panisch und verzweifelt. »Das war's für dich, nicht für mich. Ich werde dir nicht mehr zuhören. Diesmal gewinne ich. Für immer.« Ich atme ein paarmal tief durch. »Vielleicht habe ich David verloren. Aber das ändert nichts daran, dass ich weiter an uns glaube. Sogar wenn wir nur noch in der Erinnerung weiterleben können. Wir leben. Ich war leider blind für das, was wir hatten. Aber nun sehe ich es. Es gab immer nur ihn und mich. Ich trage seine Spuren in mir und niemand wird sie je auslöschen können.« Ich setze mich hin, öffne die Augen aber immer noch nicht. »Ich werde mit ihm im Herzen weiterleben können. Meine Freunde werden mich auffangen und dazu soll auch Lars gehören. Und vielleicht eines Tages unser Kind. Und in ihnen allen finde ich David. In ihrer Güte. In ihrer Loyalität. In ihrer Herzlichkeit. In ihrem Lachen. In Ihrer Umarmung. In ihrer Liebe.« Ich halte kurz inne, als ich bemerke, wie gut es mir gerade geht. »Ich kämpfe nicht mehr. Ich vertraue.«

»Mit wem redest du da?«

Ich reiße die Augen auf. David steht vor mir, mit geröteten Augen, die mich irritiert ansehen, während er auf mich zukommt und sich langsam neben mir niederlässt. Unsere Körper berühren sich dabei und ein angenehmes Kribbeln blitzt in meinem Bauch auf.

Eine gefühlte Ewigkeit sitzen wir einfach so da und schweigen.

»Das, was du da eben gesagt hast, war sehr schön«, sagt David auf einmal in die Stille hinein. »Weißt du, es war schon hart für mich, zu erfahren, dass du ein Kind hast. Aber nicht wegen der Sache an sich, sondern weil du es mir verschwiegen hast. Als würde es etwas an meinen Gefühlen für dich ändern. So als wäre ich nicht in der Lage zu verstehen, warum ein junges Mädchen, dessen Freund eine Gefängnisstrafe antreten muss und dessen Familie schon genug Sorgen hat, eine solche Entscheidung trifft. Als wüsste ich nicht, dass du andere immer nur schützen willst und nicht erkennen kannst, dass das nicht immer geht.« Er nimmt meine Hand und streichelt die Linien auf ihrer Innenseite.

Unsere Blicke finden sich und lassen einander nicht los, während er weiterspricht. »Ich war enttäuscht. Und vielleicht auch etwas schockiert. Ich hatte Thomas versprochen, dich nicht darauf anzusprechen. Aber auch ohne das war mir von Anfang an klar, dass ich respektieren muss, dass du es mir nicht sagen willst. Oder kannst. Es hat aber nichts daran geändert, dass ich von einer Ehe und einer Familie mit dir geträumt habe.« Er streichelt meine Wangen. »Und dann hast du dich von mir zurückgezogen. Da dachte ich das erste Mal daran, dass wir es vielleicht nicht schaffen könnten.«

Ich schlucke schwer und spreche einen Verdacht aus, der mir jetzt erst kommt, als ich an den Heiratsantrag zurückdenke.

»Hast du mich im Schlaf gefragt, wo mein Kind ist?«

Er nickt. »Ich bin wach geworden. Du lagst so friedlich neben mir. Ich wurde nachdenklich. Weil du mich zwar heiraten, aber dein Geheimnis nicht preisgeben wolltest. Ich konnte mir vorstellen, wie schwer du zu tragen hast, und wäre so gerne für dich da gewesen, doch ich durfte ja nichts von dem Kind wissen. Also habe ich in die Stille gefragt, wo dein Kind ist. Ich dachte, wenn du es wissen würdest, es suchen würdest, würde dieses Geheimnis nicht mehr zwischen uns stehen. Ich weiß, dass du es all die Jahre verdrängt und vielleicht sogar für eine Weile vergessen hast, aber letztlich holt uns alles irgendwann ein und dann müssen wir uns dem stellen. Ich hatte

Angst vor dem Moment, wenn das bei uns soweit sein würde.« Er schaut auf die Wand gegenüber, als würde sie ihm helfen, die richtigen Worte zu finden. »Ich hätte nicht gedacht, dass die Worte in dein Unterbewusstsein eindringen. Du hast geschlafen. Ich bin ein Idiot.«

»Du hast es die ganze Zeit gewusst«, flüstere ich.

»Ja. Doch ich wollte dir die Zeit geben, die du brauchst. Ich dachte, irgendwann wirst du es mir sagen. Nur leider scheint meine Frage alles ins Rollen gebracht zu haben.«

Sein Gesicht nähert sich meinem. Ich spüre einen Stich im Herzen und befürchte kurz, dass es nun zum Streit kommen wird. »Ich habe mir schreckliche Vorwürfe gemacht, weil ich ahnte, warum es dir nach dem Kurzurlaub so schlecht ging. Aber ich wusste nicht, was ich machen sollte. Wegen des Versprechens an Thomas. Wegen der offensichtlichen Tatsache, dass du das alles mit dir ausmachen wolltest, ohne meine Hilfe. Ich ahnte, dass du dir die Lösung von jemand anders erhofftest.« Er lehnt seine Stirn an meine. »Lars oder ich?«, wispert er.

»Nicht deine Worte haben das ausgelöst, sondern Lars' Erscheinen«, flüstere ich in die Dunkelheit hinein.

»Als ich nach einem Geschenk für Kate gesucht habe, habe ich ihn das erste Mal gesehen. Als Loreen dann von dem neuen Schulgärtner namens Lars erzählt hat, wusste ich, dass er wirklich wieder da ist.«

Auf einmal begreife ich, was das bedeutet, dass er es die ganze Zeit wusste. Und das die Worte, die ich gehört habe, kein Hirngespinst waren. Ich bin nicht verrückt. David will mir helfen. Das wollte er immer. David liebt mich. Die merkwürdige Ruhe von vorhin kommt wieder über mich, weil ich mich nicht mehr allein fühle. David ist mir so nahe, dass seine Körperwärme mich wie auf Wolken bettet und ich weiß, was zu tun ist.

Ich küsse ihn sanft auf die Lippen und schiebe ihn dann sachte von mir. Er sieht mich fragend an, doch ich setze mich wortlos auf seinen Schoß und lege meine Hände in seinen Nacken. Unsere Blicke lassen nicht voneinander ab. Ich muss nichts sagen, er kann die Antwort in meinen Augen lesen. Als wir uns nun küssen, weiß ich, dass die Zeit gekommen ist, unsere Geschichte weiter zu schreiben. Meine Finger gleiten unter seinen Pullover und ziehen ihn samt T-Shirt über den Kopf, während er den Reißverschluss von Kates Jacke aufzieht. Ich streiche mit beiden Händen über seinen nun nackten Oberkörper und bedecke seine Haut mit Küssen. Als ich sanft an seinem Ohrläppchen knabbere und mich dabei an seinen Schritt presse, stöhnt er auf und zieht mein Gesicht zu seinem, um in einem weiteren Kuss zu versinken. Gleichzeitig streichelt er meinen Rücken und will mir gerade den Pullover ausziehen, als ich seine Hände festhalte. Ich spüre seine Erregung unter mir und sehe sie in seinen Augen. In meinem Unterleib zieht sich alles zusammen und mir wird bewusst, wie schrecklich er mir gefehlt hat.

»Nicht hier«, flüstere ich. Zusammen stehen wir auf und halten uns dabei an den Händen. Ich will ihn zum Schlafzimmer ziehen, doch er drückt mich an die Wand und küsst mich so leidenschaftlich, dass ich nicht mehr warten kann. Seine Hände sind auf einmal überall und ich gehe in meiner Lust auf, bereit, mich hier und jetzt mit ihm zu vereinen.

Als er ein Kondom aus dem Badezimmerschrank holen will, halte ich ihn zurück und schüttle entschieden den Kopf. Wir lächeln uns an und überlassen uns den Wellen, mit denen wir uns neu erfinden.

Kapitel 22

Die automatische Tür öffnet sich und warme Luft schlägt mir entgegen. Unentschlossen stehe ich davor und bin mir auf einmal gar nicht mehr so sicher, ob es eine gute Idee ist, heute hierher zu kommen.

»Soll ich dich doch begleiten?«, fragt David und hält mir seine Hand hin. Ich drücke sie dankbar und schüttle gleichzeitig den Kopf.

»Ich muss das allein klären. Du hast schon genug getan.«

»Wie du meinst.« Er lässt meine Hand los, schiebt seine hellblaue Mütze in die Stirn und zieht mich in seine Arme. »Mach dir keinen Druck. Ich bezweifle, dass er ein Wort von dem gehört hat, was du gesagt hast. Ich rate dir, ihn sich zuerst erholen zu lassen, bevor er die Wahrheit erfährt.«

Ich nicke langsam, während mein Herz rast. Was, wenn Lars doch mitbekommen hat, dass ich ihm von unserem Kind erzählt habe? Was tue ich, wenn er mich jetzt gleich damit konfrontiert? Oder noch schlimmer: Vielleicht weiß er es und lässt mich im Ungewissen, spielt mit mir, aus Rache sozusagen. Ich kneife die Augen zusammen. Nein, so ist er nicht. Zumindest nicht mit mir. Oder?

»Du hast deine Brille schon wieder vergessen.« David kneift mich in die Nasenspitze. »Und du denkst zu viel.«

»Ist mit uns alles in Ordnung?«, bricht es auf einmal aus mir heraus. »Immerhin gehe ich jetzt zu …« Ich verstumme.

David strafft die Schultern und sieht mir direkt in die Augen. »Du gehst zu deiner Jugendliebe, die dich kurz verwirrt hat, weil sie nicht brav in der Vergangenheit geblieben ist, wo sie hingehört hätte. Und ja, ihr tragt ein Päckchen zusammen, ihr habt viel mitgemacht. Ich gebe auch zu, etwas mulmig ist mir schon beim Gedanken daran, dass du jetzt zu ihm gehst. Aber mal ehrlich: Welche Wahl habe ich denn? Ich liebe dich und ich will mit dir zusammen sein. Ich weiß aber auch, dass er es verdient, so schnell wie möglich die Wahrheit zu hören. Und zwar von dir. Also geh und mach dir ein Bild von seinem Zustand.«

Ich trete einen Schritt zurück, weil ich annehme, dass die ungeduldigen Gesten der Dame hinter dem Rezeptionstresen darauf zurückzuführen sind, dass ihr dank mir etwas zu viel frische Luft um die Nase weht. Die Tür schließt sich und ich komme mir feige vor, obwohl ich weiß, dass ich bald hineingehen werde.

»Dein Bekannter hat gestern am Telefon gemeint, es gehe ihm gut und er könne in spätestens drei Tagen nach Hause«, erinnere ich David daran, dass er mir, weil ich mich nicht ins Krankenhaus getraut habe, die Nummer des Arztes gegeben hat, der sich um Lars' Genesung kümmert.

»Wenn Stefan das sagt, wird es stimmen.«

»Ich sollte jetzt reingehen.« Wir lächeln uns an und für einen Moment ist es, als gäbe es nur ihn und mich auf der Welt.

»Ja, das solltest du.« Er küsst mich sanft auf die Lippen. »Mach dir keinen Stress.« Er hebt den Zeigefinger. »Und komm ja zurück zu mir.« Er deutet auf ein Lokal auf der anderen Straßenseite, auf dessen großen Glasscheiben ich die erste Weihnachtsdeko dieses Jahres entdecke. Irgendwie macht mir das Mut. Zu wissen, dass ich dieses Weihnachten ohne Lüge feiern kann.

Feierlich und grinsend verkünde ich, wobei ich ihn anstupse: »Welche Wahl habe ich denn? Ich liebe dich und ich will dich heiraten.« Wie zum Beweis hebe ich meine Hand mit dem Verlobungsring.

Er grinst nun ebenfalls. »Irgendwie kommen mir diese Worte bekannt vor.«

»Sie stammen von einem sehr weisen Mann.«

Er legt seine Hände auf meine Schultern, dreht mich um und schiebt mich durch die Tür. »Nun geh schon, du Zeitschinderin, bevor uns die Schwester am Tresen mit ihren Blicken tötet.«

Ich drehe mich zu ihm um, lege meine Hände auf seine Wangen und küsse ihn.

»Es zieht! Entweder sie kommen rein oder eben nicht! Am besten ohne dieses ganze Affentheater!«

David und ich erstarren und schauen in Richtung Rezeption, von wo die eisige Stimme her kam.

David winkt entschuldigend rüber und lässt mich los. »Was für ein Miesepeter!«, raunt er mir zu und wir kichern beide. »Bis gleich und viel Glück!« Er schickt mir einen Handkuss und verschwindet nach draußen.

Ich gehe mit schnellen Schritten weiter und bin froh, dass ich dank Davids Bekanntem schon weiß, wo ich Lars finde. Ich warte vor dem Aufzug und unmittelbar bevor ich hineingehe, drehe ich mich zur Rezeptionistin um und strahle sie an. »Frohe Weihnachten!«, rufe ich ihr betont fröhlich zu und lache in mich hinein, als sie die Augen verdreht.

Das Lachen vergeht mir allerdings, als ich den langen, hellgelb gestrichenen Flur betrete und mich auf die Suche nach Lars' Zimmer machen will. Meine Beine fühlen sich schwer an und meine Finger krallen sich an meinen Hosentaschen fest. Nach einigem Suchen finde ich schließlich die breite, weiße Tür mit der Neun darauf. Hitze schießt mir ins Gesicht, als ich zaghaft anklopfe und die Klinke berühre. Ich hoffe, dass er allein ist und gleichzeitig mache ich mir Mut, indem ich mich darauf verlasse, dass es kein Einzelzimmer wäre und ein allzu persönliches Gespräch also nicht möglich sein würde. Ich hole tief Luft, setze mich über das Zittern in meinen Beinen hinweg und trete ein.

Es ist ein Einzelzimmer. In mir schreit alles nach Umkehren, Weglaufen, Ungeschehenmachen. Trotzdem gehe ich rein, angezogen von dem Gefühl, dass ich Lars sehen muss. Ich muss mich vergewissern, dass es ihm gut geht.

»Hallo Lars!« Er sitzt halb aufrecht in seinem Bett und sieht blass aus, aber er lächelt. Erleichtert atme ich auf und folge seinem Vorschlag, mich zu ihm zu setzen, ohne auch nur eine Sekunde darüber nachzudenken. Erst jetzt bemerke ich die Kopfhörer auf seiner Decke und den eingeschalteten Fernseher.

»Störe ich?« Mein Blick bleibt an seinem weißen T-Shirt hängen, an seiner Brust, die sich regelmäßig hebt und senkt. Lars lebt, denke ich, und mein Herz klopft schneller.

»Nein, läuft sowieso nur Müll.« Er schaltet den Fernseher aus und wirft die Fernbedienung auf die Decke.

Er streckt die Arme und fährt sich durch die Haare. »Also, was führt dich zu mir?«, fragt er mit offensichtlich erzwungener Leichtigkeit und seine Augen sehen dabei glanzlos aus.

Ich tue ganz beschäftigt, ziehe meinen Mantel aus und lege ihn ordentlich gefaltet auf das Fußende des Bettes. Ja, was führt mich eigentlich zu ihm? Ich erwarte Angst. Ohnmacht. Vielleicht sogar wieder die Stimme in meinem Kopf, die mich glauben lässt, dem

Schicksal hilflos ausgeliefert zu sein und deswegen hier sein zu müssen. Ich suche nach diesem unguten Gefühl, das mich die letzten Wochen begleitet hat, und das mich dazu gebracht hat, meine Liebe für David ebenso falsch zu interpretieren wie das, was ich für Lars empfinde. Doch nichts von alledem ist da. Ich kann noch so tief in mich hineinhorchen, ich finde nur Ruhe in mir. Ruhe und David. Ein wohliges Kribbeln macht sich in meinem Bauch breit, als ich daran denke, dass er in der Nähe ist und auf mich wartet. Nun da ich weiß, dass er mir diese Frage im Schlaf gestellt hat, sehe ich die Worte immer noch als Zeichen. Aber nicht mehr für Lars und mich, sondern dafür, dass David mir helfen wird, was auch immer passiert. Er wird mein Kind mit mir suchen oder mich dafür respektieren, dass ich es nicht tue. Und vor allem wird er nicht von mir verlangen, dass ich Lars aus meinem Leben verbanne. Denn das kann ich nicht. Ich will für ihn da sein und ihn beschützen. Aber – und das ist der Unterschied – ich will ihn nicht mehr küssen.

»Du redest schon noch mit mir, oder?« Lars grinst, aber noch immer sind seine Augen seltsam ausdruckslos.

Ich lasse meine Gedanken los und wende mich Lars zu. »Warum hast du das getan?«, frage ich fast schon im Flüsterton. »Ich hatte Angst, dass du stirbst.«

Seine Gesichtszüge verändern sich, er sieht angespannt aus und doch irgendwie gleichgültig. Vergeblich suche ich nach Worten, die meine letzte Bemerkung abschwächen.

Er seufzt. »Tut mir leid, dass du mich so gefunden hast.« Wieder fährt er mit beiden Händen durch seine Haare. Er bemerkt, dass seine Aussage mich schockiert, er kennt mich zu gut. Er setzt sich ganz auf. »Es war nicht so, wie du denkst. Kein Selbstmordversuch, verstehst du?«

Ich nicke. »Aber warum hast du dann so viel getrunken?«

Er lacht verbittert. »Das ist nett ausgedrückt dafür, dass ich mich besinnungslos gesoffen habe.« Er kratzt sich am unrasierten Kinn. »Zusammen mit den Pillen, die ich nehmen muss, keine gute Kombi.«

Ich weiche seinem Blick aus. Ich ahne, um welche Pillen es sich handelt. Lars ist kein glücklicher Mensch, das war er nie. Aber ich war so mit mir beschäftigt, dass ich ganz vergessen hatte, dass andere Menschen auch Probleme haben. Ich sehe den jungen Einzelgänger Lars vor mir, der mit mir Gedichte geschrieben hat. Nur mit mir. Ich schwebe irgendwo zwischen Freundschaft, Mitleid und etwas Tiefem, was irgendwie Liebe ist, aber nicht so, wie ich sie für David empfinde.

»Du und ich, wir waren immer miteinander verbunden«, sagt Lars auf einmal ernst und reißt mich damit aus meinen Gedanken. »Niemand kennt mich so wie du.«

Meine Wangen brennen. »Lars, ich …« Mir fehlen die Worte.

»Du willst also wissen, was passiert ist.« Er verschränkt die Finger locker ineinander und legt sie auf die Bettdecke. »Als ich nach Hause gekommen bin, lag mein Hund tot im Flur. Im verdammt nochmal scheißkalten Flur!« Seine Mundwinkel zucken. »Ich habe sie gepackt und wollte mit ihr zu einem Tierarzt, aber dann ist mir klar geworden, wie sinnlos das ist.« Er fährt sich mit beiden Händen über das Gesicht und seufzt dabei. »Ich habe mir Becky ins Haus geholt, nachdem ich aus dem Knast raus war. Sie war mein Lichtblick, verstehst du? Ich habe den ganzen Mist einfach vergessen und weitergemacht. Die Tatsache, dass ich eingebrochen bin, jemanden verletzt habe und zu blöd war, mir ordentliche Freunde zu suchen. Und die Tatsache, dich verloren zu haben.« Ich zucke zusammen. Er sieht mich nicht mehr an und starrt auf die Decke vor sich. »Einfach vergessen und mit Becky weiterleben. Das war der Plan. Und jetzt ist sie weg.«

»Ich verstehe, sie war viel mehr als ein Haustier«, sage ich, um nicht nur stumm zuzuhören.

»Was habe ich denn schon in meinem Leben? Meine Mutter und mein Stiefvater kümmern sich nur um sich und ihr Geld. Frauen bleiben höchstens ein paar Wochen bei mir und ich erzähle ihnen nie, wer ich wirklich bin, weil ich der Meinung bin, dass es sie nichts angeht.« Sein Lachen ist matt und traurig.

Ich schüttle den Kopf. »Hast du Freunde?«

»Nein. Zwei oder drei Jungs, mit denen ich mal rausgehe, ja. Aber die interessieren sich genauso wenig für mich wie ich mich für sie. Und seit ich hier lebe, hat sich das sowieso verlaufen.«

»Warum bist du zurückgekommen?«

»Du meinst, warum ich ausgerechnet hierher zurückkomme, wo man mich kennt und verurteilt?« Er zuckt mit den Achseln. »Vielleicht genau deswegen. Weil man mich hier kennt und verurteilt.«

»Ich … ich halte viel von dir«, stammle ich und nestle dabei an meinen Fingern herum. Ich spüre seinen Blick und bin nicht überrascht, als er nun ganz ruhig feststellt: »Ist alles in Ordnung mit euch beiden?«

Ich sehe ihm für einen winzigen Moment in die Augen, als müsste ich überlegen, wen er meint. Dann schweift mein Blick in die Ferne, zum Fenster hinaus, wo irgendwo draußen David an mich denkt. »Ja. Wir werden heiraten. Er wartet draußen auf mich.«

»Er hat mir das Leben gerettet«, bemerkt Lars in einem seltsam kalten Ton, als ob es ein Fehler von David gewesen wäre, das zu tun. Meine Vermutung bestätigt sich, als er nun fortfährt: »Das ist natürlich ganz groß von ihm, aber in den letzten Tagen habe ich mich manchmal gefragt, ob es nicht genauso gut gewesen wäre, er hätte es nicht getan.«

Ich reiße die Augen auf. »Spinnst du?«, entfährt es mir.

»Laut Arzt, ja«, bemerkt er trocken. »Man schickt mich zum Seelenklempner.«

»Und du gehst hoffentlich hin!«, rufe ich und frage mich, woher ich mich auf einmal so selbstsicher fühle. Dann fällt es mir ein. Lars hat keine Ahnung von unserem Kind und dem, was ich gesagt habe, als er bewusstlos war.

»Ich weiß noch nicht.« Er beugt sich zum Nachttisch und schenkt sich ein Glas Wasser ein. »Auch was trinken? Ich hab leider nur Wasser im Haus.«

Ich winke ab. »Willst du gar nicht wissen, warum ich zu dir wollte? An dem Abend.«

Er lächelt schwach. »Ich kann es mir denken.«

»Wirklich?«

»Bestimmt nicht, um mir um den Hals zu fallen und mir ewige Liebe zu schwören. Das letzte Mal, als du da warst, stand dir so was von ins Gesicht geschrieben, dass du zwar verwirrt bist, aber total an deinem David hängst. Ich bin für dich nur …« Er verzieht das Gesicht. »Ach, keine Ahnung, was ich für dich bin.«

Ich schweige und stelle mir dieselbe Frage in Gedanken.

»Weißt du, bei jeder anderen Frau hätte ich die Situation ausgenutzt.« Unsere Blicke versinken kurz ineinander, bis er wegsieht und ein maskenhaftes, nicht zu seinen nächsten Worten passendes Grinsen aufsetzt. »Aber nicht bei dir. Dich würde ich nie verletzen.«

Ich schlucke schwer. Ich habe ihn vor langer Zeit verletzt und tue es immer noch. Und auf einmal kommt mir die Antwort auf die Frage, was ich für ihn bin. Er ist nicht mehr mein Schicksal, aber ich bin seins. Ich bin es, die ihn weiterbringen kann. Aber es ist ironischerweise nach so vielen Jahren des Schweigens zu früh für die Wahrheit. Er kann sie erst ertragen, wenn seine Augen wieder diesen Glanz haben, denke ich.

Unsere Blicke finden sich wieder. »Danke!«, wispere ich.

»Schon gut.« Er rutscht nach unten und zieht sich die Decke über die Brust. »Ich glaube, ich schlafe eine Runde.«

Ich schmunzle. »Du wirfst mich raus?«

»Ja, verschwinde zu deinem David. Verlobte Frauen interessieren mich nicht.«

Einen Moment befürchte ich, dass er mich wirklich loswerden will, aber dann bemerke ich, dass er wieder grinst und dabei fast glücklich aussieht. Es ist, als ob wir beide verstanden hätten, was wir füreinander sind. Es ist nicht vorbei mit uns, es ist nur anders. Richtig.

Ich stehe auf und hebe drohend den Zeigefinger. »Ich komme wieder.«

Er imitiert meine Geste. »Dann bin ich längst nicht mehr hier.«

Ich verdrehe gespielt genervt die Augen. »Ich weiß schon, du tummelst dich schon bald mit einer sexy Krankenschwester im Wäscheraum.«

Wir lachen und ich gehe auf die Tür zu. Es ist Zeit, zu gehen, aber es wird ein Wiedersehen geben und dann wird sich alles klären.

Er lacht noch mehr. »Warum gehst du rückwärts zur Tür?«

»Du darfst wählen. Entweder weil ich deinen Anblick bis zur letzten Sekunde genießen will oder weil ich ein letztes Mal zurückschaue, bevor wir gemeinsam nach vorne schauen.«

Er verkriecht sich unter die Decke und ruft: »Hau endlich ab, Loni Zill, sonst drücke ich den Notknopf, damit die sexy Krankenschwester mich retten kommt!« In seinem Ton erkenne ich, dass er verstanden hat. Ich habe ihn heute auf eine Weise verloren, aber ich habe ihn auf eine andere, viel wertvollere wiedergefunden. Ich weiß, dass wir uns heute beide irgendwie versteckt haben, aber ich bin mir ebenso sicher, dass es das letzte Mal gewesen ist. Beim nächsten Mal ist es Zeit für die Wahrheit. So wie es jetzt Zeit ist für einen Kaffee mit David, denke ich und lächle in mich hinein, während ich die Tür zur Vergangenheit ein letztes Mal hinter mir schließe.

Kapitel 23

Ich will stehen bleiben, aber David zieht mich an der Hand weiter. »Ich weiß nicht, ob das so eine gute Idee ist!«

»Jetzt komm schon! Er ist immerhin dein Vater!«

Als wir uns der Haustür nähern, muss ich daran denken, wie viele Tränen ich hier vergossen habe. An Muttertag. Wenn Kate mit schön geflochtenem Haar zum Spielen auftauchte und ich nur einen unordentlichen Pferdeschwanz hatte, weil mein Vater weder Zeit noch Geduld für Mädchenträume hatte. Wenn ich Lars vermisst habe, weil ich ihn nur heimlich sehen konnte. Und schließlich, als der Schwangerschaftstest positiv war, Lars den Prozess am Hals hatte und von jedem gehasst wurde und ich mich ins Internat zurückzog.

»Du schaffst das, Loni!« David zieht mich in seine Arme. »Bis nachher!«

»Bitte bleib! Komm mit!« David will etwas erwidern, aber ich bin schneller. »Ich will, dass du es auch hörst.«

Er legt einen Arm um mich und zusammen gehen wir zur Tür. Ich habe kaum geklingelt, als mein Vater auch schon öffnet.

Er sieht mitgenommen aus. Ich stürze mich in seine Arme und kann die Tränen nicht mehr zurückhalten. Und spätestens jetzt bin ich David dankbar, dass er dieses Treffen arrangiert hat.

»Loni«, wispert er und drückt mir einen Kuss auf den Scheitel. »Es tut mir so leid.«

»Es tut dir leid?«, schluchze ich. »Ich bin doch die, die Mama und dir Kummer gemacht hat.«

»Kommt erstmal rein.« Er lässt mich los und schlägt den Weg ins Wohnzimmer ein. David und ich folgen ihm Hand in Hand und ich atme tief ein. Dieses Haus ist mir so vertraut und doch komme ich mir selbst in diesem Moment so fremd vor. Es ist, als ob hier ein Teil von mir gelebt hat, den ich vergessen habe, und dem ich nun wieder begegne. Meinem jüngeren Ich, dem Mädchen, das hier einst geglaubt hat, dass sich alles finden wird und dabei alles verloren hat.

Mein Vater deutet auf das Sofa und David und ich setzen uns hin. Er selbst lässt sich uns gegenüber in dem klobigen, durchgesessenen Sessel nieder, der in meiner Kindheit wahlweise als Elefant, Traktor, Polizeiauto oder Prinzessinnenkutsche gedient hat. Ich lächle beim Gedanken daran.

»Deiner Mutter geht es soweit wieder gut«, informiert mein Vater mich mit fester Stimme und ich befürchte, dass unser Gespräch steif und unangenehm wird.

»Das ist das Wichtigste«, murmele ich und sehe dabei David verlegen an, der meine Hand drückt.

»Ich hole Kaffee«, sagt mein Vater und will aufstehen, aber David kommt ihm zuvor.

»Ich mache das für dich.« Er steht auf und flüstert mir dabei ein »Nun mach schon« zu. Dabei liegt so viel Güte in seinem Blick, dass mir schon wieder die Tränen kommen. Ich sehe ihm zu, wie er den Raum in Richtung Küche verlässt und räuspere mich.

»Ich wollte sie wirklich nicht aufregen damals. Es ging mir einfach nicht so gut und ich habe die Kontrolle verloren.«

Mein Vater mustert mich ruhig und stumm, während ich nun fortfahre: »Lars ist wieder da. Und das hat mich etwas aus der Bahn geworfen. Aber jetzt geht es wieder.«

Mein Vater nickt. Seine Augen sind feucht und von feinen, roten Adern durchzogen, die mir jetzt erst auffallen. Er sieht müde und alt aus. »Ich weiß, dass er wieder da ist. In der Bäckerei liebt man Klatsch und Tratsch.«

Wir schweigen und ich kann nicht sagen warum, aber ich bin mir sicher, dass er in diesem Moment an sein Enkelkind denkt. Und seine nächsten Worte bestätigen mein Gefühl.

»Ich habe mich oft gefragt, ob wir unsere Entscheidung überstürzt haben. Du weißt schon, mit dem Internat und dem Kind … und dem Schweigen.« Sein Blick wandert zur Tür, in der David steht.

Ich klopfe lautlos mit der flachen Hand auf den Platz neben mir. Aber David sieht zu meinem Vater, der mittlerweile konzentriert auf seinen Schoß stiert. »Ich habe vergessen, dass ich noch einen Anruf tätigen muss. Entschuldigt mich kurz.« David nickt mir aufmunternd zu und zieht sich zurück, während mein Vater mit abwesendem Blick und monotoner Stimme weiterspricht.

»Wie oft habe ich darüber nachgedacht, ob alles anders gekommen wäre, wenn wir Judith noch an unserer Seite gehabt hätten.«

Ein Schauer läuft über meinen Rücken. Ich weiß nicht, was ich sagen soll, denn ich trage die Schuld dafür, dass sie nicht mehr hier lebt.

Er hebt den Kopf und sieht mich an. »Und weißt du, zu welchem Schluss ich immer wieder gekommen bin?«

»Dass sie alles besser gemacht hätte?« Ich weiche seinem Blick aus, gefasst auf die unangenehme, aber offensichtliche Wahrheit.

»Eben nicht. Die Antwort ist einfach: Wir können es nicht wissen und es hat keinen Sinn, sich darüber alt zu grübeln oder noch schlimmer, sich Vorwürfe zu machen. Das würde deine Mutter sicher nicht wollen.«

Tränen steigen in meine Augen. »Ohne mich wäre sie aber noch gesund«, flüstere ich.

Mein Vater steht auf und setzt sich neben mich. Seine Nähe hat etwas so Tröstliches, Vertrautes, dass ich meinen Kopf unwillkürlich an seine Schulter lehne. Er legt seine Hand auf meine Haare. Ich denke an früher, wie er mich immer unterstützt hat, egal wie müde er gerade war und welche Sorgen er hatte. Ich schließe die Augen und lausche seiner ruhigen, tiefen Stimme.

»Sie hat das Leben geliebt. Ich muss jedes Mal an sie denken, wenn David mal wieder ein Lied zum Besten gibt. Sie hat das Singen geliebt.« Er lacht heiser. »Und im Gegensatz zu David konnte sie es wirklich.«

Ich schmunzle auch, während mir die Tränen über die Wangen rinnen, als ich die Augen wieder öffne.

»Und sie hat Kinder geliebt, irgendwie war sie selbst noch eins, aber im positiven Sinne.«

»Dann hätte sie niemals gewollt, dass ich ihr Enkelkind weggebe«, presse ich hervor. Ich habe Angst vor seiner Antwort.

Doch er schiebt mich sanft von sich, wischt mir eine Träne vom Gesicht und sieht mir direkt in die Augen. »Wie ich dir schon gesagt habe, es hat keinen Sinn, sich deswegen das Leben schwer zu machen. Es ist passiert und es wird richtig gewesen sein. Deine Mutter hätte uns nicht helfen können. Und ja, das ist traurig, vor allem weil sie sich dich unglaublich gewünscht hat. Aber wir können es nicht ändern.«

»Aber …«

»Nein, Loni. Kein Aber. Sie konnte nicht wissen, was bei der Geburt passieren würde. Das konnte niemand. Und ein Ungeborenes ist sicher nicht schuld daran, wenn seine Mutter einen Schlaganfall bekommt.«

»Ich weiß das ja auch. Aber du musst mich auch verstehen. Ohne meine Geburt hättet ihr sie alle noch.«

»Sie ist nicht tot, Loni, vergiss das nicht. Ich gebe zu, am Anfang kam es mir so vor, und glaub mir, ich vermisse sie. Aber sie ist da. Sie lächelt, wenn ich sie streichle, und manchmal sieht sie mich so an, dass ich mir sicher bin, dass sie mich erkennt.«

»Aber mich wird sie nie erkennen. Sie hat mich nie bewusst wahrgenommen. Kein einziges Mal konnte sie mich als ihr Kind sehen. Ich bin eine Fremde.«

»Das bist du nicht. Als sie sich vom Schlimmsten erholt hatte, habe ich dich ganz oft zu ihr gebracht. Ich habe ihr geholfen, dich zu streicheln, ihre Hand auf dein kleines Herzchen gelegt und ihr ganz viel von dir erzählt. Ich habe ihr deine Bilder an die Wände gehängt, als du angefangen hast zu malen. Ich habe ihr von dir vorgeschwärmt, als du immer hübscher wurdest. Und ich habe keine Sekunde daran gezweifelt, dass sie mich verstehen kann und dass sie genau weiß, wer du bist. Das tue ich bis heute nicht. Und ich werde sie nie aufgeben, verstehst du, niemals. Und du solltest das auch nicht tun, denn weißt du was ich glaube?« Er räuspert sich und seine Stimme nimmt mehr Form an.

»Ich glaube, sie wollte dir helfen, als du an dem Tag bei ihr warst und du einen Zusammenbruch hattest. Deswegen war sie so aufgewühlt. Und genau aus dem Grund weiß ich, dass sie noch da ist. Dass sie alles mitbekommt. Weißt du Loni, deine Mutter war eine hoffnungslose Optimistin. Ich habe sie oft wegen ihrer spirituellen Überzeugungen aufgezogen. Seelenverwandtschaft, positive Energien, Verbundenheit mit dem Universum. Ich habe sie geneckt und insgeheim nach und nach selbst daran geglaubt, ganz einfach, weil sie es mir beigebracht hat. Aber das hätte ich natürlich nie zugegeben.« Er lacht kurz, wird aber sehr schnell wieder ernst. »Ich habe von ihr viel über das Leben gelernt.«

Ich nicke und lasse mich in seine Arme ziehen. Ich spüre seinen Atem auf meinem Kopf und es kommt mir vor, als ob unsere Herzen im gleichen Takt schlagen. In diesem Moment liebe ich meinen Vater dafür, dass er selbst so bedingungslos liebt. Ich weiß, dass er manchmal mit Frauen aus war. Eine davon hat er uns sogar einmal offiziell vorgestellt, das war vor ungefähr vier Jahren. Aber sie blieb nicht lange, sie tat sich schwer mit den Besuchen meines Vaters im Pflegeheim. Damals konnte ich sie nicht verstehen, aber gerade wird mir bewusst, dass mein Vater nur eine Frau lieben kann: meine Mutter. Der Gedanke stimmt mich traurig und froh zugleich.

»Du hättest es verdient, glücklich mit ihr zu werden.«

»Das bin ich. Irgendwie.« Er lächelt und ich glaube ihm, als ich die Wärme in seinem Blick sehe.

Er klopft sanft auf meinen Oberschenkel. »Komm, lass uns David erlösen. Der Arme sucht bestimmt schon nach weiteren Ausreden, um uns allein zu lassen.«

»Papa?«

»Ja?«

»David und ich hatten Schwierigkeiten. Ich weiß nicht, was du mitbekommen hast, aber ich will, dass du weißt, dass wir wieder glücklich sind miteinander.«

»Das überrascht mich nicht. Ihr beide seid wie deine Mutter und ich.«

Ich erwidere sein Lächeln. Der Gedanke gefällt mir.

»Ich bin so froh, dass ihr das geklärt habt!« Kate hebt ihr Weinglas in meine Richtung. »Auf dich und deinen großartigen Vater, der die ebenso großartige Judith liebt und mir meine liebe Loni geschenkt hat!«

David und ich grinsen. »Darf ich fragen, wie viel du schon getrunken hast?«, frage ich meine beste Freundin, die heute so ausgelassen ist wie schon lange nicht mehr.

»Vor allem: Darf ich fragen, ob unsere Eltern nicht auch einen großartigen Sohn haben?« Thomas stürzt sich auf Kate und kitzelt sie. Sie lacht und ihre Augen strahlen mit ihren geröteten Wangen um die Wette. Sie sieht so glücklich und gesund aus, dass es eine Freude ist, sie anzuschauen. Ich mustere ihre neue Frisur, mit der sie uns heute Abend überrascht hat: ein honigblonder Pixie-Cut. Er steht ihr, besonders in Kombination mit den bunten Kreolen, die fröhlich an ihren Ohren herumhüpfen.

»Schon gut, schon gut, du bist auch nicht schlecht!«, keucht Kate unter Lachen. Thomas lässt von ihr ab und die beiden wechseln einen liebevollen und geheimnisvollen Blick.

Thomas dreht sich zu David und mir. »Wisst ihr, was heute Nacht passiert ist?«

David wirft eine kleine Papierkugel nach Thomas, verfehlt sein Ziel und lacht auf. »Ehrlich gesagt, wollen wir das gar nicht wissen!«

»Doch, ich will!« Ich klebe einen Umschlag zu und lege ihn auf den Stapel mit den fertigen Hochzeitseinladungen. Es ist die für Robert. Ich habe ihm, Marlies und Loreen einen Brief hinzugelegt, der ihnen erklärt, was mit mir los war. Ich werde irgendwann mit ihnen darüber sprechen, aber momentan macht das Geschriebene es mir leichter. Es ist mir nur wichtig, dass sie mich verstehen und die Wahrheit kennen, wenn ich nach den Weihnachtsferien wieder mit ihnen zusammenarbeite. »Also, was ist heute Nacht passiert?«

Thomas stellt sich hinter Kate und legt seine Hände auf ihre Schultern. »Wir haben beschlossen, dass wir ein Kind adoptieren werden.

Wir haben heute Morgen schon die zuständige Vermittlungsstelle kontaktiert. Wir werden eine Auslandsadoption machen und einem Kind die Chance auf ein besseres Leben geben.«

Alle drei sehen mich einen Moment unsicher an und ich weiß, was sie denken. Aber es macht mir nichts aus, über Adoption zu sprechen. Nicht mehr.

Thomas interpretiert mein Schweigen falsch. »Vielleicht hätten wir es dir nicht sagen sollen, vor allem weil das Kind wohl erst in ungefähr zwei Jahren hier sein wird. Aber wir wollten ehrlich zu dir sein. Vielleicht kannst du dich ja doch mit uns freuen, obwohl du …« Er verstummt.

David drückt meine Hand, als ich mich räuspere und mit meiner freien Hand an einer Einladungskarte herum nestele. »Das tue ich. Ich finde es toll, dass ihr das macht. Das Kind hat sehr viel Glück. Ich hoffe, meins hat so perfekte Eltern gefunden, wie ihr es sein werdet. Und wisst ihr, vor vielen Jahren hat sich wahrscheinlich irgendwo ein Paar so gefreut, wie ihr jetzt.« Es tut so gut, endlich offen über das Thema sprechen zu können.

Kate bekommt feuchte Augen. »Oh Loni, ich hatte Angst, es dir zu sagen und wollte warten. Und jetzt freust du dich mit uns! Ich kann es nicht glauben, wir werden ein Kind haben!« Sie hebt wieder ihr Glas, aber diesmal ganz ruhig und fast schon gerührt. »Auf unser Kind!«, sagt sie und legt den Kopf nach hinten, um Thomas ansehen zu können. Als sie sich wieder uns zuwendet, lächelt mein Bruder mich an und formt ein lautloses »Danke« mit seinen Lippen.

Ich nehme all meinen Mut zusammen. »Dann solltet ihr aber auch wissen, dass David und ich versuchen, schwanger zu werden.« Ich deute auf den winzigen Schluck Wein, zu dem ich mich habe breitschlagen lassen. »Deswegen achte ich darauf, nicht zu viel zu trinken. Ich weiß ja nicht, was gerade in meinem Körper passiert.« David drückt meine Hand fester und unsere Blicke versinken in einem gemeinsamen Moment des Glücks, bis wir Kate aufschluchzen hören. Augenblicklich lässt David mich los und sieht erschrocken zu der anderen Seite des Tisches, wo Thomas sich gerade über Kate beugt und ihr für uns unverständliche Worte zuflüstert. Ich springe auf und haste zu Kate.

»Das wollte ich nicht. Ich habe nicht nachgedacht, ich wurde vom Moment mitgerissen und habe ganz vergessen, dass ihr … also dass du nicht …« Ich stammle und sehe hilfesuchend zu David, der aufsteht und zu mir kommt.

Kate drückt Thomas von sich und sagt unter Schluchzen. »Ich weine doch gar nicht, weil ich traurig bin. Ich freue mich so! Wir werden Kinder haben!« Sie lacht und weint und winkt mich zu sich. Ich atme erleichtert auf und spüre auch eine Last von Thomas und David fallen. Ich will gerade zu Kate gehen, als mein Handy auf dem Tisch klingelt. Wir schauen alle vier darauf. Lars ruft an. Ich halte inne und sehe David an.

»Du solltest rangehen – ihr seid Freunde«, sagt er und reicht mir das Handy. Ich nehme es mit einem Nicken und einem dankbaren Lächeln an mich. Ich warte einen kurzen Moment, bis Kate sagt: »Nun mach schon! Wir warten mit dem Anstoßen, bis du wieder da bist!« Dann drücke ich die grüne Taste und mache mich auf den Weg ins Schlafzimmer, während ich Lars begrüße.

Kapitel 24

Lars schließt die Tür hinter mir und deutet in Richtung Wohnzimmer. »Ich denke drüber nach, mir einen neuen Hund zu holen. Es macht mich verrückt, allein zu sein.«

»Dann mach das unbedingt.« Ich spüre und höre, dass er mir folgt. Vor einigen Wochen hätte ich das noch als Zeichen dafür gesehen, dass er mich verfolgt. Heute lasse ich mich jedoch nicht mehr von meinen eigenen Gedanken einschüchtern. Ich werde ihm von unserem Kind erzählen. Ich kann nur hoffen, dass er bereits gefestigt genug ist, um eine solche Nachricht zu verarbeiten. Vor allem aber hoffe ich darauf, dass er mir mein jahrelanges Schweigen verzeihen wird. Aber ich habe auch erkannt, dass ich das sowieso nicht beeinflussen kann. Er hat allen Grund, mich zu verurteilen. Aber es besteht auch die Möglichkeit, dass er mich versteht. Er muss entscheiden, nicht ich. Als ich mich nun abrupt umdrehe, läuft er beinahe in mich hinein.

»Entschuldige.« Ich lächle. »Ich hätte dich vielleicht vorwarnen sollen. Eigentlich wollte ich nur fragen, ob ich uns etwas zu trinken holen soll.«

Er schmunzelt, sieht dabei aber müde aus. Er hat mich schon am Telefon vor ein paar Tagen vorgewarnt und mir erzählt, dass er sich nur langsam erhole, obwohl er nun schon seit fast einem Monat aus dem Krankenhaus ist, und dass er sich noch nicht einmal dazu aufgerafft habe, sich einen Termin beim Therapeuten zu besorgen. »Du weißt schon, dass ich hier wohne und somit also der Gastgeber bin.«

Ich schiebe ihn ins Wohnzimmer. »Ich mache das schon. Setz du dich hin, ich bin gleich zurück.«

»Na schön. Für mich bitte ein Glas Wein.«

Ich starre ihn an und er lacht auf. »Das war ein Scherz.«

»Sehr witzig.«

»Bring uns Wasser und auf der Anrichte in der rechten Ecke liegt eine Packung Kekse.«

»Besser. Bis gleich!«

Als ich in der Küche ankomme und mich nach einer Flasche Wasser umsehe, wird mir doch mulmig. Der Moment ist also gekommen. Ich horche in mich hinein, während ich, weil ich keine Flasche finden kann, den Wasserhahn aufdrehe und zwei Gläser fülle. Ich bin aufgeregt, aber ich habe keine Angst. Ich versuche, mich an die Stimme zu erinnern, die mich so oft überfallen hat, aber es ist, als hätte es sie nie gegeben. Stattdessen höre ich nur David, wie er mir heute Morgen immer wieder versichert hat, dass ich es schaffe.

Ich atme tief durch und gehe mit den Gläsern ins Wohnzimmer, wo ich mich neben Lars auf das Sofa setze. Mit einer für ihn typischen Lässigkeit lehnt er sich zurück und legt seine Hände in den Nacken.

»Du hast die Kekse vergessen«, stellt er fest.

»Ich weiß.«

»Ich kann sie holen.«

»Nein. Vergiss die Kekse, Lars. Ich bin hier, weil ich dir etwas sagen muss. Endlich.«

Er streicht sich durch die Haare, wie so oft. Sein Blick ruht auf mir und mir wird bewusst, dass ich keine Ahnung habe, wie ich anfangen soll.

»Schieß los, Loni. Falls du dich doch gegen deinen David entschieden hast, ich bin noch frei.« Er lächelt traurig. Mein Herz wird schwer. Ich wünschte, Lars würde sein Glück finden. Erneut überfallen mich Zweifel. Ist er schon stabil genug, um mein Geständnis zu ertragen? Und ich? Könnte ich damit leben, ihn zu verlieren, jetzt wo wir es gerade zu so etwas wie Freundschaft bringen? Ich beschließe, es zu riskieren. Ich bin lange genug weggelaufen.

Ich atme tief durch. Lars mustert mich dabei mit tiefem Blick. Ich sehe nicht weg, diesmal nicht. Trotzdem kann ich nicht verhindern, dass meine Stimme dünn klingt, als ich nun beginne.

»Warum glaubst du, habe ich dich nach dem Einbruch verlassen?«

»Autsch, es geht um die Vergangenheit.« Er richtet sich auf und nimmt sein Glas in beide Hände, ohne zu trinken. »Darauf bin ich nicht gerade stolz. Ich kann also verstehen, dass du damals keine Lust auf einen kriminellen Freund hattest. Wer will schon jung und verliebt sein und seinen Freund im Knast besuchen müssen?«

Ich schlucke schwer, weil er sich als meinen Freund bezeichnet. »Ich hätte zu dir stehen müssen – immer!«, sage ich heiser, greife nun ebenfalls nach meinem Glas und nippe daran.

»Loni, ehrlich!« Lars seufzt. »Das alles ist lange her. Du wirst dich doch jetzt nicht etwa dafür entschuldigen, dass du nicht mit mir zusammen sein wolltest.«

»Hast du mich dafür gehasst, dass ich gegangen bin?«

»Nein. Ich habe mich dafür gehasst, dass du gegangen bist.«

Mein Herz rast, Hitze steigt in mein Gesicht. »Ich bin nicht weggegangen, weil ich dich nicht mehr sehen wollte.« Ich sehe ihm in die Augen. »Sondern weil ich schwanger war.«

Lars reißt die Augen für einen winzigen Augenblick auf. Ich starre auf meine Hände in meinem Schoß und kann nichts mehr sagen. Ich halte den Atem kurz an und warte auf seine Reaktion. Währenddessen fällt mein Blick auf meinen Verlobungsring. Wie unfair und egoistisch ich mir nun vorkomme. Mein Leben verläuft wieder fast in geraden Bahnen und Lars' Existenz habe ich mit meiner Beichte zum Entgleisen gebracht. Ich frage mich, was schlimmer ist: Das Wissen um die Geburt unseres Kindes lange Jahre mit sich zu tragen oder davon erst nach so langer Zeit zu erfahren.

Mein Blick wendet sich wieder Lars zu und ich stelle fest, dass er vor der Fenstertür steht, die zum Garten führt. Die Bilder von dem Abend, als David und ich ihn gefunden haben, tauchen wieder vor mir auf, zusammen mit der erschütternden Angst, die ich um ihn hatte. Ich warte ab. Das Schweigen wächst über uns hinaus, klebt an uns und droht alles zu ersticken, was wir je hatten und waren.

»Lars? Sag was! Bitte?«

Er dreht sich langsam um. Ich zucke zusammen. Sein Gesicht ist tränenüberströmt. Ich habe ihn noch nie so gesehen. So verletzt und verloren.

»Hast du unser Kind etwa …?«, flüstert er. Er sieht mir fest in die Augen und ich erkenne eine Mischung aus Angst und Wut darin.

Ich springe auf. »Nein! Das hätte ich niemals getan!«

»Wo ist unser Kind dann?«, sagt er und seine Stimme zittert. Er wischt sich über die Augen.

In meinem Herzen setzt ein Stich ein. Seine Worte ähneln der Frage, die David mir nachts in Holland zugeflüstert hat. Ich schnappe nach Luft. »Ich habe es zur Adoption freigegeben«, sage ich so leise, dass ich mir nicht sicher bin, ob er mich gehört hat. »Es ist ein Junge«, füge ich hinzu und komme mir mit dieser Information nur noch schäbiger vor. Ich räuspere mich und setze mich wieder hin. Wieder überfällt uns diese unheimliche Stille, die mir Angst macht. Ich muss sie brechen, ich darf nicht zulassen, dass das mit mir und Lars so endet.

»Ich habe mir die Entscheidung nicht leicht gemacht, das kannst du mir glauben. Aber ich fand keine andere Lösung. Meine Mutter konnte mir nicht helfen, mein Vater hätte für mich seinen Traum von der eigenen Bäckerei aufgegeben, um kein finanzielles Risiko einzugehen, Thomas war mit seiner Polizistenausbildung beschäftigt und Kate war selbst noch jung.« Ich denke an die Zeit zurück an das Hin und Her meiner Gedanken und an meine Angst, die mich schließlich überwältigt hat.

»Und ich war ein asozialer Arsch, der im Knast gelandet ist. Ich hätte von Anfang an zu dir stehen sollen. Wir hätten ein kitschiges Paar sein sollen, das die anderen beneidet hätten, verdammt! Aber ich wollte ja lieber dieses Scheiß-Versteckspiel.«

Die Trauer in seinen Augen ist einem seltsamen Ausdruck gewichen, einem wütenden Funkeln und ich befürchte, dass es sich um Selbsthass handelt. Ich spreche meine Gedanken laut aus.

»Mich sollst du verachten, Lars, mich. Ich habe dich belogen. Ich habe unser Kind weggegeben. Und sind wir mal ehrlich: Wegen mir haben wir uns nur heimlich geliebt.«

Nach meinem letzten Wort beiße ich mir auf die Lippen, weil ich mir die Tragweite unserer damaligen Verbindung noch einmal vor Augen halte. Ja, wir haben uns unglaublich geliebt, er war die Welt für mich.

»Warum hast du es mir nie gesagt? Und warum sagst du es mir gerade jetzt?« Die Sonne dringt hinter den Wolken hervor und wirft einen Lichtstrahl ins Zimmer, der so gar nicht zu meiner Stimmung und auch nicht recht zur Jahreszeit passen will.

Ich stehe auf und gehe zu ihm, unsicher, zögerlich, darauf gefasst, dass er vor mir zurückweichen wird. Doch das Gegenteil passiert. Als ich vor ihm stehen bleibe, tritt er einen Schritt vor und ist mir nun ganz nahe. »Erzähl mir alles«, sagt er und unsere Blicke versinken ineinander, bereit, Hand in Hand zurückzugehen in die Vergangenheit.

»Die Schwangerschaft war komplikationslos. Ich habe eine meiner besten Freundinnen im Internat kennengelernt, Pia. Wir haben dem Baby immer vorgelesen oder selbst erfundene Geschichten erzählt. Ich habe nicht einfach so getan, als wäre nichts. Ich habe unser Kind geliebt, als ich es in mir getragen habe. Und irgendwie trage ich es auch heute noch in mir und liebe es.« Tränen steigen in meine Augen. »Die Geburt verlief gut. Mein Vater war bei mir. Ich habe den Kleinen Mini-Lars genannt, solange er bei mir war.« Ich schlucke. »Das war allerdings nicht lange. Damit keine Bindung entsteht.« Das Ziehen in meinem Herzen beweist das Gegenteil von dem, was ich gerade gesagt habe.

»Hast du ein Foto?«

»Nein.« Ich schlucke. »Das hätte ich nicht ertragen.«

Lars nickt und schließt die Augen für einen Moment. »Ich bin Vater«, murmelt er. Er steht immer noch so nahe vor mir, dass ich seinen Atem spüren kann. Erneut kommt mir in den Sinn, dass er tot sein könnte, wenn wir ihn nicht gefunden hätten. Aber er lebt und ich bin bei ihm.

»Manchmal dachte ich, ich hätte falsch entschieden. Und dann wollte ich alles rückgängig machen. Und dir davon erzählen.« Ich nehme seine Hände und wundere mich darüber, wie selbstverständlich diese Geste mir sogar in dieser Situation vorkommt. Seine Finger sind eiskalt.

»Während der Schwangerschaft habe ich unzählbare Male daran gedacht, dich zu besuchen und es dir zu sagen. Aber ich habe mich nicht getraut. Ich war verwirrt und ängstlich. Oder einfach nur feige. Es gab Gerüchte über dich. Dass du immer schon zu Gewalt geneigt und bei jeder Gelegenheit Ärger gesucht hättest. Dass du den Mann absichtlich die Treppen hinuntergestoßen hast.« Ich sehe Lars nicht an, ich ertrage es nicht. »Ich habe mir vorgenommen, nicht darauf zu hören, und dem Baby nur Schönes von dir erzählt, während mein Bauch wuchs.« Nun sehe ich ihn doch an und Tränen laufen über meine Wangen. »Ich wusste es besser, ich kannte dich so gut wie sonst niemand. Aber ich habe dich nicht verteidigt. Thomas, Kate und mein Vater haben mir erzählt, dass sogar deine Mutter und dein Stiefvater schlecht über dich geredet haben und ich habe einfach geschwiegen. Das war falsch!«

Lars' Augen sind gerötet und er wischt sich auch jetzt wieder darüber. Die Worte fließen endlich aus mir heraus, wie Wellen schwappen sie aus der Vergangenheit hervor und reißen uns mit.

»Ich wusste, dass du niemanden hattest, außer mich und deine falschen Freunde, die wie ich hörte, die Hauptschuld auf dich schoben. Ich war mir sicher, dass es nicht so war, aber dass du dich nicht gewehrt hast. Habe ich recht?« Ich wage es, ihn anzusehen. Er nickt nur, sein Blick starr auf mich gerichtet, seltsam leer und gleichzeitig tiefer denn je. Es ist, als ob er sich in seiner eigenen Tiefe verloren hätte.

»Und warum gerade jetzt?«, fragt er leise. Ich schaue in den Garten und suche nach den richtigen Worten. »Weil du wiedergekommen bist und mit dir all das, was einmal war. Ich habe an deinen leiblichen Vater gedacht und darüber, dass du sicher nicht abgehauen wärst. Du hattest keine Chance, mit zu entscheiden. Doch jetzt weißt du es und kannst entscheiden, was passieren soll.«

Er starrt mich an. Sein Schweigen füllt den Raum mit einer unangenehmen Stille, die mir den Atem nimmt.

»Und wenn ich nie zurückgekommen wäre?« Ich hatte Angst vor dieser Frage, denn ich habe selbst keine Antwort darauf. »Ich weiß es nicht«, gebe ich schlechten Gewissens zu.

Ich drücke seine Hände leicht. »Hasst du mich jetzt?«, wispere ich.

Er schüttelt den Kopf und einen Moment stehen wir uns stumm gegenüber, bis wir uns in den Arm nehmen, als hätten wir es miteinander abgesprochen, als wäre es die logische Konsequenz von allem, was gerade gesagt und auch nicht gesagt wurde. Ich drücke meinen Kopf an seine Brust. Das Gefühl ist anders als bei David, das wird mir nun bewusst. Ja, es ist auch Liebe. Aber eine vergangene, die immer noch atmet und uns begleitet, wie der Himmel, der jeden Tag über uns wacht und den wir doch meistens kaum beachten. Er ist immer noch meine Welt, aber ich lebe nicht mehr darin, und das ist richtig so und es verhindert nicht, dass wir uns im Hier und Jetzt begegnen und füreinander da sind. Miteinander. Und wieder bin ich dankbar, dass sein Herz immer noch schlägt.

Kapitel 25

Ich löse mich etwas von ihm, lege meine Hände auf seine Schultern und sehe ihm in die Augen. »Unser Sohn ist gesund auf die Welt gekommen und ich glaube fest daran, dass er liebevolle Eltern gefunden hat. Dafür sollten wir dankbar sein. Und wenn wir wollen, können wir ihn suchen.« Ich überlege kurz und entscheide mich dann für die ganze Wahrheit. »Ich habe einen Privatdetektiv engagiert und er hat auch schon etwas rausgefunden. Ich traue mich nur nicht, es mir anzuhören und bestimmt glaubt er schon, dass es mir von Anfang an nicht ernst war.« Ich halte einen Moment inne. »Vielleicht willst du mitkommen und dir anhören, was er zu sagen hat?«

»Ja, das will ich«, sagt Lars ruhig. »Ich hatte selbst nie einen Vater, weil der sich lieber in der Welt rumgetrieben hat, als mich kennenzulernen. So will ich nicht sein.«

»Ich weiß. Und so bist du auch nicht.« Meine Hände ruhen noch immer auf seinen Schultern und sein Gesicht nähert sich meinem.

»Ich wollte mich nicht umbringen, Loni«, sagt er kaum hörbar. »Ich will, dass du das weißt.«

»Das tue ich«, versichere ich ihm und hoffe gleichzeitig, dass er mich nicht anlügt.

»Es muss grausam für dich gewesen sein, dieses Geheimnis zu haben.« Seine Stimme ist rau, und sein Lachen auch, das nun zaghaft aus ihm hervorbricht. »Es gab auch über dich Gerüchte. Über dich und dein Verschwinden. Dass du weg bist, weil du schwanger warst.« Er geht einen Schritt zurück, lacht noch einmal, diesmal lauter und verbittert.

»Ja so ist das, wenn man in einer Kleinstadt lebt, wo einen so gut wie jeder kennt. Hast du es geglaubt?«

»Nein, ich hielt es für Unsinn. Ich konnte es mir einfach nicht vorstellen.« Er legt seine Hände auf meine Wangen. »Und dabei war es wahr«, fügt er hinzu. Er streichelt mein Gesicht. »Ich hätte es glauben sollen. Ich hätte dich suchen sollen, nachdem ich wieder draußen war, und nicht einfach abhauen.« Seine Lippen sind nur noch Millimeter von meinen entfernt. Ich erstarre. Was hat er vor?

Ich weiche abrupt zurück und drücke seine Hände weg. »Lars!« Ich ringe um Fassung.

»Tut mir leid.« Er fährt sich durch die Haare. »Scheiße, Loni, wir haben ein Kind. Da ist es kurz mit mir durchgegangen.« Er hastet an mir vorbei und setzt sich hin. »Was machen wir denn jetzt?«

Ich tue es ihm gleich und setzt mich nun ebenfalls hin, lasse allerdings eine Lücke zwischen uns. Wir starren sie beide an, als wäre es der Platz, der für unser Kind bestimmt war. Ich schüttle entschieden den Kopf. Ich habe das alles in den letzten Tagen unzählige Male in Gedanken durchgespielt und mit David besprochen und ich werde mich jetzt nicht von einer lächerlichen Lücke auf einem Sofa aus dem Konzept bringen lassen.

»Hör zu.« Ich fasse mir ein Herz und seine Hand. Ich mache ihm keinen Vorwurf für das, was gerade passiert ist. Er ist durcheinander. Wie sollte er es nach meinem Geständnis auch nicht sein? Das kann niemand so gut verstehen wie ich.

»Ich habe zuerst überlegt, ob wir zusammen mit dem Detektiv sprechen sollten …«

»Ja, lass uns das zusammen machen! Jetzt gleich! Ich hole mein Telefon!« Lars springt auf, aber ich halte immer noch seine Hand und lasse sie nicht los.

»Ich weiß nicht«, stammle ich.

»Was soll das bedeuten, du weißt nicht?« Er sieht auf mich herunter und entzieht mir seine Hand. »Wir müssen unser Kind finden!«

»Genau das habe ich vor Kurzem auch noch gedacht.« Ich stehe nun ebenfalls auf. »Aber mittlerweile denke ich, es ist umgekehrt.«

»Du sprichst in Rätseln.«

»Unser Kind muss uns suchen, nicht wir unser Kind.«

»Eine tolle Idee! Du erwartest von einem Kind, dass du weggegeben hast und das wahrscheinlich denkt, dass wir es nicht gewollt haben, dass es morgen auf einmal vor deiner Tür steht.«

»Eben nicht.« Ich lege meine Hände in den Nacken und vergrabe sie dabei in meinen Locken, was etwas Tröstliches hat. »Genau deswegen denke ich, dass wir warten sollten.«

»Und wenn wir nie was von ihm hören? Immerhin scheint er bis jetzt nicht versucht zu haben, uns zu finden.«

»Dann sollten wir das akzeptieren. Wir können ein Schreiben auf dem Jugendamt hinterlassen. Als Kontaktmöglichkeit.«

»Du siehst die Sache ja sehr locker, Loni.«

»Nein, überhaupt nicht. Aber erinnerst du dich daran, wie wir früher waren? Wir sind immer davon ausgegangen, dass sich alles zu unseren Gunsten regelt. Mit der Zeit.«

»Wir waren jung und hatten keine Ahnung! Wie man sieht, hat sich alles gegen uns verschworen.« Er runzelt die Stirn und sieht mich mit finsterem Blick an.

»So negativ siehst du das?« Ich denke an uns beide zurück, wie wir einander Halt gegeben haben, immer und überall. »Immerhin haben wir uns wiedergefunden«, füge ich hinzu.

»Und was sind wir?« Er mustert mein Gesicht und in meinen Wangen setzt ein warmes Kribbeln ein. »Wenn du jetzt sagst, dass wir Freunde sind, kotze ich.«

Ich lächle. »Wir sind Loni und Lars.«

»Aha.«

»Wie wäre es damit?« Ich sehe ihm fest in die Augen. »Wir sind zwei Menschen, die ab jetzt immer zusammenhalten und sich nie wieder loslassen werden. Wir gehen zusammen durch dieses Leben, bis einer von uns stirbt. Und wenn das passiert, lebt der andere für uns beide weiter.« Er will etwas sagen, aber ich hebe die Hand, um ihn davon abzuhalten. »Wir sind aber auch Eltern. Und wir hatten es schwer und werden nie eine richtige Familie sein. Aber das ändert nichts daran, dass wir unser Kind lieben und darauf vertrauen, dass wir es eines Tages kennenlernen. Aber der Junge ist jetzt gerade einmal vierzehn Jahre alt. Es ist zu früh. Wir dürfen seine Existenz nicht erschüttern. Wir müssen ihm vertrauen und seinen Adoptiveltern.«

»Ist vertrauen dein neues Lieblingswort?«

Ich schmunzle. »Gewissermaßen, ja. Es schenkt einem Ruhe. Und die brauchen wir.«

»Und ein Kind braucht seine Eltern. Wir beide wissen, wie es ist, wenn schon nur ein Elternteil fehlt.«

»Er hat Eltern, Lars. Und bestimmt ganz tolle.«

Er seufzt. »Also warten wir jetzt ab und in der Zwischenzeit sind wir Freunde?« Sein letztes Wort trieft vor Sarkasmus.

»Ja. Das war mein Plan.«

Er scheint zu überlegen und ich befürchte schon, dass er mich auslachen, wegschicken oder beschimpfen wird, als seine Miene sich auf einmal aufhellt.

»Du hast recht!«, ruft er. »Das mit uns beiden ist etwas Besonderes!« Er nimmt meine Hand und zieht mich hinter sich her. Ich gehe einige Schritte mit, bleibe dann aber stehen. Er dreht sich zu mir um.

»Was ist los?«

»Das müsste ich dich eher fragen.« Ich räuspere mich. »Ich will für dich da sein. Du bist mir sehr wichtig und ich hasse den Gedanken, dass du unglücklich bist. Aber ich bin nicht in dich verliebt, Lars. Ich gebe zu, ich war einen Moment verwirrt und ich fühle mich auch auf eine seltsame Art zu dir hingezogen. Aber ich liebe David und ich will ihn heiraten.«

»Das war ja mal eine Ansage.«

»Tut mir leid.«

»Nein, tut es nicht.« Er zwickt mich in die Hüfte und ich zucke zusammen. »Sei nicht so melodramatisch. Ja, ich gebe zu, ich bin noch immer ein kleines bisschen in dich verknallt. Aber das soll nicht zwischen uns stehen.« Er grinst. »Und ich will dir das mit deinem David auch gar nicht vermiesen. Er scheint echt in Ordnung zu sein.«

»Danke.« Tränen steigen in meine Augen und ich kann nicht sagen, ob sie auf der Erleichterung darüber gründen, dass ich Lars nicht verliere, oder auf der Tatsache, dass es mir widerstrebt, ihn so gezwungen heiter vor mir zu sehen.

»Du wirst die Richtige finden. Du wirst eines Tages richtig glücklich sein. Da bin ich mir ganz sicher.«

Er weicht meinem Blick aus. »Wir werden sehen.«

»Ja, das werden wir allerdings.«

Er legt seine Hände auf meine Schultern. »Lass mich nur nicht allein, ja?«

Mein Herz bebt in meiner Brust. »Ich verspreche es.«

»Gut. Und jetzt komm endlich mit. Wir haben eine Aufgabe.«

»Welche?« Ich sehe ihn überrascht an, freue mich aber auch über den Tatendrang, der ihn scheinbar ergriffen hat.

»Wir sagen der Detektei jetzt ab. Und dann schreiben wir das beste Gedicht, das es je von uns beiden gegeben hat. Wir bringen es nach dem Wochenende zum Jugendamt.« Er zieht mich an seine Brust. »Und dann vertrauen wir.«

Ich schließe die Augen und nicke, als er mir zuflüstert: »Wir nennen unser Gedicht: Wie Wolken im Meer.«

»Warum?«, wispere ich.

»Weil das Leben so ist. Wir hatten und haben unendlich viele Möglichkeiten. Das Leben ist so groß wie das Meer. Wir atmen, unabhängig davon, ob gerade die Sonne scheint und wir uns treiben lassen können oder ob Wolken aufziehen und wir kämpfen müssen. Und es sind vielleicht gerade die Wolken, an denen wir wachsen. Und weißt du, was das Beste ist?« Er streichelt meinen Kopf. »Immer wenn wir denken, es geht nicht mehr und die Wellen reißen uns ins Verderben, dann bemerken wir, dass es gar keine unüberwindbaren Wellen sind. Es sind in Wirklichkeit die Wolken, von denen das Meer uns befreit.«

Kapitel 26

Ich setze mich auf die Bettkante und streiche meinen Rock glatt. »Ich kann nicht lange bleiben.« Der Blick meiner Mutter ist trüb und ich versuche die aufkommenden Gedanken, ob sie meine Anwesenheit überhaupt wahrnehmen kann und ob sie weiß, wer ich bin, beiseite zu schieben. Ich habe entschieden, zu glauben, dass sie es kann.

Ich räuspere mich und beuge mich zu ihr, um ihr über die Wange zu streichen. Sie fühlt sich angenehm warm an. Einen Moment ist mir, als ob ich ein Lächeln auf ihren Lippen ausmache, vielleicht ist es aber auch nur Wunschdenken. Das ändert nichts daran, dass ich mich ihr heute so nahe fühle wie nie zuvor.

»Ich muss dir etwas erzählen.« Ich lege meine freie Hand auf meinen Bauch. »Ich glaube, ich bin schwanger. Ich habe noch keinen Test gemacht, aber meine Tage sind ausgeblieben und irgendwie habe ich so ein Gefühl.« Ich schmunzle. »Morgen früh mache ich den Test. Ich werde dich auf jeden Fall auf dem Laufenden halten.« Ich stehe auf und gehe neben ihrem Kopf in die Hocke, die Finger neben ihrem Kopf ineinander verschränkt. Ihr Blick folgt mir nicht und Schwermut will sich in mir breitmachen. Ich widersetze mich ihr, indem ich weiterspreche, die Augen zusammenkneife und mich auf meine Worte konzentriere.

»Ich wollte dir auch sagen, dass …« Ich halte inne. Noch nie habe ich so mit meiner Mutter gesprochen. So ehrlich. Mit einer Zuneigung, die mit jedem meiner Herzschläge wächst. Als Tochter. Warum habe ich mich eigentlich bisher so dagegen gewehrt? Als ich nun erneut ansetze, fühlen sich meine Worte so natürlich und richtig an, dass ich mich ihnen mit geschlossenen Augen überlasse.

»Also, es tut mir leid, dass wir uns nie richtig kennengelernt haben. Vor allem aber bereue ich es, dass ich dich das in den letzten Jahren habe spüren lassen. Ich habe dich wie eine Fremde behandelt und das soll sich jetzt ändern.« Ich schlucke die Tränen runter und streichle ihre Wange. Sie fühlt sich warm und weich an und löst in mir das Gefühl aus, dass ich das jetzt öfter tun sollte. »Ich liebe dich«, wispere ich und küsse sie auf die Stirn. Als ich mich zurücklehne, sehe ich, wie ihre Augen mich fixieren. Ihre Gesichtszüge bleiben gleich, aber in ihren Augen ist für einen winzigen Moment dieser Funken. Ich hatte ihren Blick immer nur trüb und leer in Erinnerung, aber jetzt finde ich eine Welt darin. Vielleicht bilde ich mir das alles auch nur ein, aber das ändert nichts daran, dass ich verstehe: Meine Mutter lebt. Und sie braucht mich genauso wie ich sie.

»Ich muss gehen, Lars wird gleich da sein.« Ich räuspere mich. »Ich will, dass du weißt, dass es mir gut geht. Ich werde nach Weihnachten wieder arbeiten gehen und ich freue mich darauf. Irgendwie läuft es gerade gut. Ich fühle mich so richtig fit, seit ich wieder schlafen kann.« Ich stehe auf. Ihr Blick folgt mir kurz, kehrt dann aber wieder in ihre Welt zurück. »Bis bald, Mama!«, hauche ich und ziehe einen Moment später die Tür hinter mir zu.

Er wartet neben seinem Auto und lächelt mich komplizenhaft an, als ich näher komme.

»Da bist du ja!«, ruft er und drückt mich kurz an sich. Er fühlt sich immer noch an wie ein Teil von mir, ohne den ich nicht leben kann. Aber das habe ich mittlerweile akzeptiert, weil ich ihm nur eine Freundin sein kann, wenn ich unsere Verbindung nicht überanalysiere.

»Hast du ihn dabei?«, will ich wissen und sehe ihm in die Augen. Er macht einen munteren Eindruck, was mich beruhigt.

»Natürlich. Nur darum geht es ja heute.«

Wir lächeln uns an und er öffnet die Autotür für mich.

»Ein paar Manieren habe ich ja doch«, erklärt er und geleitet mich auf den Beifahrersitz als wäre ich alt und gebrechlich.

»Ich habe nie das Gegenteil behauptet.«

Lars geht um das Auto herum und steigt auf der Fahrerseite ein.

Er mustert mich. »Bereit?«

Ich nicke. »Bereit.«

Ich schließe die Augen und strecke mein Gesicht in den Sonnenstrahl, der trotz der niedrigen Temperaturen auf den Bürgersteig scheint. Das Gebäude des Jugendamtes ist hinter mir. Ich komme mir beschützt vor und atme tief durch. Das, was Lars und ich gerade gemacht haben, fühlt sich richtig an, sinnvoll und nach Versöhnung mit der Vergangenheit. Dort oben im dritten Stock liegt ein Umschlag, der darauf wartet, dass unser Sohn sich eines Tages auf die Suche nach uns macht. Er enthält unser Gedicht und unsere Kontaktdaten. Er ist die Brücke zwischen uns und dem Menschen, den wir auf die Welt gebracht haben. Meine Gedanken wandern zu meiner eventuellen Schwangerschaft. Niemals hätte ich das für möglich gehalten, aber ich hoffe wirklich, dass der Test morgen positiv ist.

»Was, wenn er uns nie sucht?«, fragt Lars und reißt mich aus meinen Gedanken. Ich sehe ihm in die Augen und runzle die Stirn. Sind wir zu optimistisch an die Geschichte rangegangen, mit unserem emotionalen Gedicht und dem Verweis darauf, wo wir zu finden sind? Vielleicht werden wir wirklich nie etwas von dem Menschen hören, nach dem wir uns beide auf eine schwer greifbare Art sehnen.

Ich blicke zurück in den Himmel und blinzle. »Wir warten ab. Und wenn wir wollen, können wir eines Tages immer noch die Initiative ergreifen und ihn suchen. Vielleicht ist jetzt einfach nicht der richtige Zeitpunkt. Aber es wird sich alles finden, da bin ich sicher.« Ich atme tief durch. »Jeder ist seines Glückes Schmied, weißt du.«

Ich spüre, wie Lars seinen Arm um mich legt. »Du bist eine Träumerin. Aber genau das schätze ich so an dir.«

Ich wende mich ihm zu. »Schön, dass du wieder da bist.«

»Dito.«

Ich lächle. »Also dann.« Ich deute nach links. »Ich muss in diese Richtung. David wartet im Park auf mich.«

Er nickt. »Ich gehe jetzt einen Kaffee trinken und verliebe mich in die Kellnerin.« Das schelmische Funkeln in seinen Augen ist zurückgekehrt.

Ich verdrehe die Augen gespielt genervt und wir grinsen uns an. Er hebt die Hand und winkt mir kurz zu. »Mach's gut, Loni.«

»Du auch. Und wünsch mir Glück für morgen.«

»Wofür?«

Ich lächle. »Das verrate ich dir bald.«

»Wie du meinst. Also viel Glück für morgen.« Er steckt die Hände in die Hosentaschen, bleibt aber noch stehen.

»Danke!«, sage ich und meine damit viel mehr als die Tatsache, dass er sich darauf eingelassen hat, den Brief für unser Kind zu verfassen und abzugeben.

»Grüß David von mir.«

»Wird gemacht.«

Ich will gehen, aber die Art, wie er mich ansieht und sich dabei durch die Haare fährt, hält mich zurück.
»Komm her«, sage ich, gehe auf ihn zu und drücke ihn an mich. Er erwidert meine Umarmung kurz, dann schiebt er mich sanft von sich. »Jetzt geh schon. David wird dich schon sehnlichst erwarten.«
Und ich ihn, denke ich und lächle, während ich meine Brille richte und mich auf den Weg mache. Als ich doch noch für einen Moment stehen bleibe und mich umdrehe, sehe ich Lars gerade abbiegen. »Wie Wolken im Meer«, murmele ich in mich hinein und beschleunige meine Schritte.

Danke

Liebe Leserin, lieber Leser,
wenn dir die Geschichte von Loni gefallen hat, dann lass es mich gern wissen. Schreib mir eine Rezension bei Amazon oder deinem Lieblingsportal, denn das ist sehr wichtig für uns Autoren. Besuche mich gern auf Instagram (@danymatthes_autorin) oder schau dich auf meiner Website (www.danyalacarte.de) um und registriere dich für meinen Newsletter. Hinterlasse einen Daumen oder einen Kommentar, wie und wo du magst. Ich freue mich über jede Rückmeldung.

Es ist so schön, dass du meine Bücher liest, denn dank dir kann ich meinen Traum vom Schreiben leben.

Ganz lieben Dank!
Deine Dany

Über die Autorin

Dany Matthes wurde 1987 in Schlema geboren und ist dort, im tiefsten Erzgebirge aufgewachsen. Mittlerweile lebt sie seit vielen Jahren in Dresden, ist glücklich verheiratet und hat eine Tochter. In der Arbeitswelt ist sie in keiner Branche jemals richtig an gekommen, einzig das Schreiben hat sich immer wieder in ihr Leben geschlichen. Nun ist sie einen mutigen Schritt gegangen und hat sich als Autorin und mit ihrem Impressumsservice selbstständig gemacht. »Ich lebe meinen Traum nun jeden Tag und bin überglücklich, diesen Schritt gegangen zu sein«, sagt die Autorin.

Du möchtest mehr über meinen Alltag als Autorin erfahren, möchtest Cover und Leseproben als Erstes sehen und lesen?

Dann trag dich für meinen Newsletter ein:
https://danyalacarte.de/newsletter-2

Du findest mich auch auf Instagram:
https://www.instagram.com/danymatthes_autorin

Im Anschluss findest du weitere Bücher von mir inklusive einer kleinen Leseprobe.

Der Duft von Marienkäfern

Seit vielen Jahren lebt Lena Wagner in einer toxischen Beziehung. Sich daraus zu befreien, scheint für sie unmöglich. Bis sie auf Nick trifft. Einen charmanten, witzigen und vor allem zuvorkommenden Mann. Er hat alles, was Lena sich wünscht, und mit ihm an ihrer Seite schafft sie es, dem alten Leben zu entfliehen. Es hätte der perfekte Neustart sein können, doch die Vergangenheit hat Spuren hinterlassen. Dunkle Wolken legen sich über ihre Seele. Lena wird depressiv. Weil sie nicht weiß, was mit ihr passiert, ignoriert sie es. Bis zu jenem Morgen.

Dany Matthes schreibt mit Leichtigkeit über ein schweres Thema und ist dabei dennoch schonungslos ehrlich. Sie erzählt im Buch sehr detailreich von ihrer Depression und den Weg mit der Krankheit in einer Beziehung zu leben. Ihr Wunsch: „Meine Geschichte soll Betroffenen und Angehörigen helfen und Mut machen. Es gibt immer einen Weg und DU bist nie allein."

Leseprobe

Ich liebe dich … aber ich möchte wieder Single sein.«

Die Worte fliegen durch den Raum, als hätten sie kein Ziel, denn ich will nicht, dass sie mich treffen. In meinem Magen zieht ein Sturm auf. Galle kratzt in meiner Speiseröhre, um ans Tageslicht zu kriechen.

Plötzlich fühle ich mich in meine Kindheit zurückversetzt. Wenn ich nur still genug dasitze, mich nicht rühre und die Luft anhalte, dann werden die bösen Geister nicht an mich rankommen. Dann denken sie, ich bin nicht da. Innerlich zittert mein Körper bereits und mein Herz droht sich zu verkrampfen.

»Lena? Hast du gehört, was ich gesagt habe?«

Vergiss es, du hast das nie gesagt und ich habe es niemals gehört. Mein Herz hämmert gegen meine Brust wie ein Vorschlaghammer auf eine Wand, die einbrechen soll. Warum, warum tut er das? Warum hat er das gesagt? Das kann doch nicht sein Ernst sein? Nein, so leicht mache ich es dir nicht! Und wieder halte ich den Atem an und versuche, mein Zittern zu verbergen. Während er ein weiteres Mal meinen Namen ruft, sehe ich wie der Boden unter mir aufreißt. Die Dunkelheit streckt ihre kalten langen Finger nach mir aus und will mich tief in den schwarzen Untergrund ziehen. Ich ziehe meine Beine an meine Brust und umklammere sie wie einen Rettungsring im Meer. Doch egal wie sehr ich mich auch festhalte, es wird mich nicht retten. Niemand kann mich retten. Am liebsten würde ich ihn anschreien oder einfach wegrennen. Ich weiß, wenn ich ihn jetzt ansehe, dann wird alles wahr. Dann ist es real. Dann wird es mich zerbrechen und die Dunkelheit wird mich holen.

»Weißt du, ich frage mich schon seit einigen Wochen, ob das alles ist. Ob das jetzt mein restliches Leben ist. Ich frage mich, ob ich das so will. Und ob da nicht noch etwas anderes ist.«

Er legt seine Hand auf meinen Arm und mein Blick verschwimmt. Er wartet immer noch auf eine Reaktion von mir. Und auf einmal scheinen sich meine Gefühle wie eine Rosine zusammenzuziehen, die eben noch eine Traube war. Mechanisch drehe ich meinen Kopf zu ihm und schaue ihm direkt in die Augen. Weder mein Kopf noch mein Herz verstehen es. Es ist, als würde ich einen Fremden anschauen. Alles Vertraute, alles, was ich an ihm zu kennen dachte, ist verschwunden. Die Dunkelheit hat alles verschluckt.

»Okay.« Mehr kann ich nicht sagen. Mehr will ich nicht sagen. Ich muss mich beherrschen und versuchen, den Tornado in meinem Bauch im Zaum zu halten, da ich sonst wahrscheinlich nicht nur mein Essen, sondern mein Herz gleich mit auskotzen würde. Ich atme tief ein und versuche, seine Worte runterzuschlucken.

»Alles in Ordnung?« Die Frage klingt sogar aufrichtig. Ich nicke, während mein Blick auf den Fernseher gerichtet ist. Für einen kurzen Moment fühlt es sich an, als wäre ich aus meinem Körper getreten und würde jetzt neben mir stehen und mich selbst beobachten. Meine Existenz fühlt sich sinnlos an, als hätte ich das ganze letzte Jahr eine Illusion gelebt. Als wäre alles nur ein Film gewesen.

Zeichen im Sand - Die Begegnung

Die Liebe ist immer ein Abenteuer!

Der erfolglose Archäologe Colin versauert in England als Universitätsdozent zwischen Archiv und Hörsaal, als ihm eine geheimnisvolle Botschaft erreicht. Wurde in Kairo tatsächlich ein Papyrus aufgefunden, dessen Inhalt zu einer archäologischen Sensation führen könnte? Abby ist aus ihrem alten Leben geflohen und dabei, sich in Ägypten etwas Neues aufzubauen. Das scheint auch gut zu funktionieren, bis ihr an jenem Tag ein unverzeihlicher Fehler unterläuft, der ihr Leben erneut völlig auf den Kopf stellt.

Werden beide finden, wonach sie sehnlichst suchen?

»Ein abenteuerlicher Liebesroman zwischen drückender Hitze und rätselhaften Entdeckungen.«

Leseprobe

Nachdem ich einen Armreif sorgfältig für das Archiv erfasst hatte, ließ ich meinen Blick durch die Halle schweifen. Meine Augen blieben an einer seltsam aussehenden Statue hängen und ich fragte mich, warum sie mir nicht schon früher aufgefallen war. Offensichtlich stand die Figur hier schon genauso lang, wie alle anderen Artefakte, denn je näher ich ihr kam, desto mehr sah ich die von Staub überzogene Oberfläche. Als ich unmittelbar vor ihr stand, wurde meine Verwunderung nicht geringer, denn diese Statue sah vollkommen anders aus als alles, was ich bisher katalogisiert hatte. Es war etwa einen halben Meter groß und stand auf einem Sockel, wodurch sie genau auf meiner Augenhöhe war. Ein dicker, vorgewölbter Bauch streckte sich mir entgegen, der Schädel war eher lang gezogen und der Kopf sah aus, als hätte die Figur einen Helm auf. Ich lief mehrmals um sie herum, konnte aber keinen Vermerk eines Fundortes finden. Überhaupt gab es keinerlei Notizen an ihr. Das Einzige, was ich feststellen konnte war, dass sie eine enorme Anziehung auf mich ausübte. Ich wollte im Archiv nachfragen und jemanden zu Rate ziehen, der mir vielleicht mehr über die Statue und ihre Herkunft sagen konnte, aber meine Neugier, es selbst herauszufinden, hielt mich davon ab. Ich zog mir Handschuhe über, holte tief Luft und legte meine Hände behutsam um die Taille der Figur, um sie sanft anzuheben. Etwas angespannt lauschte ich jedem Geräusch, das durch die Hallen des Museums bis zu mir drang. Auch wenn es meine Aufgabe war, die Fundstücke zu archivieren und dementsprechend zu analysieren, wurde es nicht gern gesehen, wenn man etwas anfasste. Daran änderte auch mein Status als Archäologin nicht viel. Erstaunt von der Leichtigkeit der Statue, wog ich sie ein paar Mal in meinen Händen hin und her. Folglich vermutete ich, dass sie innen hohl sein musste.

Ich betrachtete den Boden und erhoffte mir einen Hinweis darauf zu finden, aus welcher Zeit sie stammen könnte, um die Statue besser einordnen zu können. Solch ein Artefakt hatte ich noch nie zuvor gesehen und es gab absolut nichts über seine Herkunft oder das Alter preis. Es war zum Verzweifeln. Etwas irritiert und enttäuscht wollte ich die Figur wieder auf den Sockel stellen. Ein Scheppern schallte durch die Halle. Ich erschrak. Die Figur glitt mir aus den Fingern. Panisch streckte ich meine Hände nach ihr aus. Es war zu spät. Mit einem lauten Klirren fiel sie zu Boden und zersprang vor meinen Füßen. Als ich die Scherben auf den Boden liegen sah, wurde mir speiübel. Meine Beine begannen zu zittern. Während ich mich bückte, hatte ich die Tür die ganze Zeit im Blick. Ich wusste nicht, was ich tun sollte, denn so etwas war mir noch nie passiert. Mir wurde heiß und kalt zugleich, mittlerweile zitterte alles an mir und ich hatte meinen Körper nicht mehr unter Kontrolle. Zu allem Übel stiegen mir Tränen in die Augen. Diese Figur war mit Sicherheit etwas ganz Besonderes, doch nun war sie wertlos und das nur durch einen kleinen Fehler. Was, wenn sie mich dafür rausschmeißen oder so gar einsperren? Nein, das würde ich nicht zulassen, die würden mich nie wieder rauslassen. Aber viel schlimmer war die Tatsache, dass ich ein so wertvolles Stück Geschichte gerade für immer zerstört hatte. Aus der anfänglichen Panik wurde Wut und wieder spürte ich, wie sich mein Magen verkrampfte. Es war also passiert und ich konnte es weder rückgängig machen noch zusammenkleben. Wer weiß, ob überhaupt jemand von der Existenz der Statue wusste, immerhin war absolut nichts an ihr vermerkt. Weder ein Fundort, noch eine Schätzung, aus welcher Zeit sie stammen könnte. Ein Geräusch, Schritte, mein Blick haftete wieder an der Tür und ich konnte mich nicht rühren. Doch die Tür öffnete sich nicht und die Schritte verschwanden. Langsam konnte ich mich wieder aus meiner Starre lösen und musste bitter aufstoßen. »Denk nach, Abby, denk nach«, flüsterte ich. Hilfesuchend blickte ich mich um und entdeckte meinen Leinenbeutel in der Ecke, in dem ich eine Flasche Wasser und etwas zu Essen ein gepackt hatte. Ohne weiter darüber nachzudenken ging ich in geduckter Haltung, so schnell ich konnte, in die Ecke und räumte den Beutel leer. Dann schlich ich mit dem Beutel in der Hand genauso flink wieder zurück, um die Scherben Stück für Stück und so behutsam wie möglich darin verschwinden zu lassen. Mein Puls raste und ich spürte, wie Schweißperlen von meiner Stirn rollten. Was tue ich da bloß? Als ich eine große Tonscherbe aufhob, entdeckte ich eine schmale Papierrolle darunter. Sie sah aus wie Papyrus, war aber irgendwie anders. Noch bevor ich es näher betrachten konnte, hörte ich erneut Schritte und noch bevor ich einen klaren Gedanken fassen konnte, hatte ich die Papierrolle auch schon in meinem Leinenbeutel verstaut. Schnell legte ich die letzte Tonscherbe ebenfalls hinein und schob den Beutel unter einer Kiste, die hinter mir stand. Die Tür wurde geöffnet. Ich hockte noch immer am Boden und hoffte, mich nicht vor Aufregung übergeben zu müssen.